睦月影郎

母娘と性春

実業之日本社

実業之日本社文庫

目次

母娘と性春

第一章　美熟女の淫惑

1

「平山《ひらやま》君、今から倉庫の整理と在庫チェックしてくれないか。月曜の朝には書類を出さないといけないんだ」

金曜日の退社一時間前、課長の根津《ねづ》雄太《ゆうた》が弘志《ひろし》に言った。

いつものことだ。

雄太は常に、退社時までに出来そうもない仕事を押し付けてくる。

無神経なのか嫌味なのか分からないが、とにかくこの十歳も年下の上司は、何かと偉そうに、五十歳の平社員である弘志に辛《つら》く当たってくるのだ。

「いえ、今日は約束がありますので」

「なにい、まさかデートとか言うんじゃないだろうな」

四十歳でエリートの雄太は顔を歪め、未だ独身でダサい弘志に言った。

ここは商事会社テンドの総務課である。

主に海外からの女性向け装飾品を扱う商社で、平山弘志は入社二十年になるのにヒラで頭髪は後退し、下腹が出て、一度も女性と交際したことのない童貞中年、いや初老男であった。

性欲は旺盛なのに、風俗へ行く勇気はなく女体に触れることに憧れ、毎晩寝しなのオナニーが欠かせない、仕事もヒラの域を出ないが真面目だけが取り柄の男だ。

「実はそうなんです。今日は僕の五十歳の誕生日なもので」

「どんな女が祝ってくれるんだよ」

弘志が答えると、さらに雄太は太い眉を段違いにして迫って言った。歯の出たネズミ顔だが、大学時代は空手部ということで体格は良く、未だに後輩たちに持ち上げられているらしい。

「平山さんを誘ったのは私だけど、いけないかしら」

と、そのときオフィスに入ってきた部長の天堂美百合《てんどうみゆり》が言った。三十五歳になる颯爽たるメガネ美女で、女社長の一人娘である。

そう、弘志は今日、この美百合に誘われ、信じられない思いで仕事中も胸を高鳴らせていたのだった。

「え……？　部長、そんな冗談を……」

下に強く上に弱い雄太がビクリと硬直し、驚いたように目を丸くして言った。

以前から雄太は、妻子持ちなのにこの美しい上司と懇ろになりたいと願い、何かと接近していたのである。

「本当よ。まだ少し早めだけど平山さんを連れて退社するので、倉庫の整理と在庫チェックは根津さんがやってくれるかしら」

「は、はあ……」

言われて雄太は不満げに空返事をした。

「在庫を調べたら、月曜に提出してね」

「そんな、退社時までには無理です……」

「だって、出来ると思ったから平山さんに命じたのでしょう。誰かに手伝ってもらわず一人でやってね」

美百合が言い、周囲のＯＬたちも内心で喝采しながら成り行きを見守っていた。日頃から、粗暴で無神経で嫌らしい雄太は嫌われているのである。

「さあ、では行きましょう」

「ええ、お先に失礼します」

美百合に言われて、弘志は雄太や皆に挨拶をし、背に多くの視線を感じながら彼女と一緒にオフィスを出た。

そして美百合は社の地下駐車場に行ってベンツに乗り込み、弘志も恐る恐る助手席に座ると、車内に籠もる甘い匂いが生ぬるく感じられた。

弘志も学生時代に免許を取ったが、今は全く運転をしていない。

やがて美百合はスタートし、自社ビルのある中野から西へ向かった。

まだ日があるので夕食には早い。

「あの、どこへ……」

弘志は、まだなぜ誘われたか分からずに訊《き》いてみた。

「会わせたい人がいるのよ」

美百合は軽やかにハンドルを繰りながら答えた。

この美しい美百合と二人きりでないのは少し残念だったが、まさか、ヤモメの自分に誰か良い女性でも紹介してくれるのだろうかと思った。

「知ってると思うわ。青井寿美枝《あおいすみえ》さんという人で、前にバイトに来ていた美穂《みほ》ちゃんのママよ」

「ああ、社の飲み会のあと、美穂ちゃんを迎えに来た」

「そう、その人の家。あとは、行けば分かるわ。私とは古い知り合いなの」

美百合が言う。美穂というのは十九歳の短大生で、美百合の紹介で社にバイトに来ていたのだ。

その母親の寿美枝は、確か四十歳近い美熟女だったのを何となく覚えていた。

やがて車は都下に入り、緑の多い郊外へと向かった。

（ここは……）

周囲の景色に、弘志は記憶が甦《よみがえ》ってきた。

確か三十年前に、車で来たことのある場所である。

学生時代、弘志は小金井に家があった。もう両親も亡く実家も売られ、いま彼は高円寺のアパートで一人暮らしをする天涯孤独の身なのだった。

そして日が傾く頃、周囲に何もない場所に来ると、ベンツは一軒の旧家の門前に停められた。

大きな入母屋の瓦屋根のある、平屋の屋敷で、周囲を土塀が囲っている。

美百合がクラクションを鳴らすと、すぐに門が開かれ、中から和服姿の寿美枝が静かに出てきた。

「じゃ、私はここまで。あとは寿美枝さんと話して」

美百合が言うので、名残惜しいまま弘志はシートベルトを外し、車を降りた。

ドアを閉めると、美百合はガラス越しに寿美枝に会釈をし、すぐにまたスタートして走り去ってしまった。

それを見送った弘志は、あらためて寿美枝に頭を下げた。

「平山ですが……」

「ええ、お待ちしていました。どうぞ」

寿美枝が笑みを浮かべて答え、彼は門の中に入った。

広い庭だが、さして手入れされてはおらず雑草が生い茂って、車が一台停まっているだけだ。

しかし玄関から入ると中は綺麗に磨かれ、弘志は誘われるまま上がり込んだ。

何やら、美しいあやかし母娘の棲む屋敷に入ったような気分だった。

「美穂ちゃんは」

「今日はいません。私だけです」

長い廊下を進みながら、寿美枝が答える。

築百年は軽く超えていそうな屋敷で、やがて弘志は奥まった八畳ほどの座敷に招き入れられた。

隅に床が敷き延べられ、あとは座布団と文机《ふづくえ》だけで、家具の一切はなかった。

2

「どうぞ」

座布団を指して彼女が言うと、弘志は上着だけ脱いだ。すると寿美枝が受け取ってハンガーに掛けてくれた。

要領を得ぬまま腰を下ろすと、寿美枝も向かいに座った。

「この部屋は、マレビトの部屋と言います」

「マレビト……」

弘志は、彼女の言葉を繰り返した。

マレビトとは、稀《まれ》に来る人、つまり客のことだ。客人と書いて、まろうどとも読む。

してみると、この敷かれた布団で今夜寝ろということなのだろうか。

「二十年に一度、客が来て、この家の女と交わる風習があります」

「え……」

突拍子もない話に、彼は戸惑った。寿美枝に夫はいないのだろうか。では美穂は。

「ええ、美穂は二十年前に来た客と交わって出来た子です」

まるで彼の心根を見透かしたように、寿美枝は微《かす》かな笑みを含んで言った。

「ど、どこから来た客なのですか……」

訊くと、寿美枝は優雅に袂を押さえながら真上を指さした。

「そ、空から……？」

「ええ、私も美穂も、天界から降りてきた人と交わって出来た女なのです。実は美百合さんも」

「……」

あまりのことに、弘志は声もなかった。

「でも、もう二十年前が最後ということで、空からは来ません。代わりに平山さんにお願いします」

「な、何を言ってるのか分かりませんが……」

まさか、美穂を抱けというのだろうか。

弘志は驚きとともに、妖しい期待を抱いて、思わず股間を熱くさせてしまった。

「三十年前、平山さんはこの近くで交通事故を起こしましたね」

唐突に、寿美枝が言った。

「え、ええ、なぜそれを……」

弘志は目を丸くして答えた。

確かに二十歳の時、彼は免許取り立てで、夜半にこの辺りを一人で走っているとき眩《まばゆ》い光に目がくらみ、そのまま土手に転落したのである。

そして昏睡から覚めたら病院のベッドで、何と十年もの時が過ぎ、彼は三十歳になっていたのだった。

すでに両親は亡く、壊れた車がどうなったかも分からず、回復すると、たまたま面接に行ったテンドで採用されたのだ。

失われた二十代の十年間、それを取り戻すかのように飲み食いして太ってしまい、仕事にも精を出したもののパッとせず、女性にモテることもなく二十年、今日五十歳になってしまったのである。

「事故のとき、あなたは光る乗物に吸い込まれて改造手術を受けて壊れた車に戻り、そして私が救急車を呼んだのです」

寿美枝が、神秘の眼差しで言う。

「では、全ては仕組まれ……」

「そう、あなたは選ばれたマレビトだったのです。空から来られない以上、あなたを代わりにするため改造し、成熟するまで三十年かかったわ」

寿美枝の話に、まだ弘志は信じられない思いだった。

「マレビトとは、マラビト、つまりセックスをするための人」

寿美枝が言う。確かに、魔羅というのは男性器のことで、元はインド神のマラーから来ているという。

「この二十年、成熟するまで、他の女性も抱けず、仕事も思うようにいかず辛かったでしょうが、今日からは人以上の力を持ちます。私と交われば」

「……」

「そして本来の力を取り戻したら、美穂を孕《はら》ませて下さい。それが定めなのですから」

寿美枝の言葉に、いつしか弘志は痛いほど股間を突っ張らせていた。

そんな身勝手な、という気にはなれない。

おそらくＵＦＯに乗って来たエイリアンが、弘志に素質があると分析して選んだのだろう。

地球上にエイリアンとの混血を増やしていく目的が何か分からないが、今の弘志は、青春を取り戻すために、まず快楽をとことん味わってみたかった。

だから、大学も中退で十年も昏睡していた彼を、テンドは定めと思って採用して二十年待っていたのだろう。

女社長の一人娘である美百合もまた、寿美枝のようにエイリアンとの混血に違いない。

「童貞と処女では要領も分からないでしょうから、今日はまず私と交わって下さい」

寿美枝が言って立ち上がり、ためらいなく帯を解きはじめた。

シュルシュルと衣擦《きぬず》れの音を立て、やがて帯が落とされると、彼女は紐を解いて着物を脱ぎはじめていった。

「さあ、脱いで下さい」

促され、弘志もネクタイを解いてシャツと靴下を脱ぎ、立ち上がって下着ごとズボンを下ろした。

この二十年、オナニーは死ぬほどしてきたが、生身の女性の前で全裸になるのは初めてである。

そして五十歳とはいえ、十年の昏睡があるから、気持ちとしてはまだ四十前という感覚だった。もちろん事故の二十歳までも、女性との縁はなかったのだ。

先に布団に横になって見ていると、寿美枝も襦袢《じゅばん》と腰巻を脱ぎ去り、一糸まとわぬ姿になって添い寝してきた。

透けるほどに色白で実に見事な巨乳、髪をアップにした寿美枝は緊張も興奮もなく、微かな笑みを含んだまま、ゆったりと彼に添い寝してきた。

特に、エイリアンとの混血を思わせるような変わった部分はなく、熟れて豊満な美熟女の裸体だった。

生ぬるく、甘ったるい匂いが漂い、彼の鼻腔から悩ましく胸に沁み込んでいった。

「さあ、どのようにでもお好きに」

寿美枝が囁《ささや》き、仰向《あおむ》けになって熟れ肌を投げ出した。

弘志も、もう何も考えられなくなり、とにかく目の前に横たわる熟れた美女に迫っていった。

まずは屈《かが》み込んで、最も目を惹く白い巨乳に顔を寄せ、チュッと乳首に吸い付いて舌で転がしながら、顔中を豊かな膨らみに押し付けて感触を味わった。

3

「アア……」

寿美枝がビクリと反応し、か細く熱い喘《あえ》ぎ声を洩らしはじめた。

弘志も夢中になって、もう片方に手を這わせながら乳首を味わい、甘ったるい体臭で鼻腔を満たした。

そして両の乳首を交互に含んで舐《な》め回すと、彼女の腕を差し上げ、ジットリ湿った腋《わき》の下に迫ると、何とそこには色っぽい腋毛が煙っていた。

寿美枝は昭和中頃の女性のように、自然のままにしているらしい。

鼻を埋め込むと腋毛の柔らかな感触とともに、生ぬるく濃厚に甘ったるい汗の匂いが悩ましく彼の胸を満たしてきた。

うっとりと酔いしれながら、弘志は白く滑らかな熟れ肌を舐め下り、形良い臍《へそ》を探り、ピンと張り詰めた下腹に顔中を押し付けて弾力を味わった。

しかし、いきなり股間を見たら、すぐにも入れたくなり、あっという間に済んでしまうだろう。

せっかく、とびきり美しい熟女が身を投げ出し、何でも好きにして良いと言っているのだから、やはりこの際、女体の隅々まで観察し、肝心な部分は最後に取っておこうと思った。

それでこそ、五十歳の誕生日に相応《ふさわ》しい童貞喪失だという気がした。

彼は豊満な腰のラインから脚を舐め下り、丸い膝小僧から滑らかな脛《すね》に舌を這わせていった。

何をされても、寿美枝はじっとされるままになり、たまにビクリと反応しながら熱い呼吸を繰り返していた。

あるいは二十年前にエイリアンに処女を捧げ、以来誰ともしていないのではないか。この広い屋敷に籠もり、弘志のようにひたすら自分で慰めてきたような気がした。

脛にはまばらな体毛があり、これも野趣溢《あふ》れる魅力に映った。

やはり、何もかもケアすれば良いというものではないのだ。

足首まで舐め下りると、彼は足裏に回り込み、踵《かかと》から土踏まずに舌を這わせ、形良く揃った指の間に鼻を押し付けた。

そこは汗と脂に生ぬるく湿り、蒸れた匂いが悩ましく籠もって鼻腔が刺激された。

（ああ、美女の足の匂い……）

弘志は感激と興奮に激しく勃起しながら匂いを貪り、爪先にしゃぶり付いた。

そして順々に指の股にヌルッと舌を割り込ませていくと、

「あう……」

寿美枝が呻《うめ》き、唾液に濡《ぬ》れた指で軽く彼の舌を挟み付けてきた。

弘志は両足とも全ての指の股を味わい、味と匂いを貪り尽くして顔を上げた。

「済みません、うつ伏せに」

恐る恐る言うと、すぐに寿美枝もゴロリと寝返りを打ち、腹這いになってくれた。

彼は再び屈み込み、踵からアキレス腱、脹《ふく》ら脛《はぎ》に汗ばんだヒカガミを舐め上げ、太腿から尻の丸みをたどった。

まだ勿体《もったい》ないので谷間は味わわず、腰から滑らかな背中を舐め上げると、熟れ肌からは淡い汗の味が感じられた。

肩まで行って、アップにした黒髪の匂いを嗅ぎ、さらに耳の裏側の湿り気も嗅いでから舌を這わせ、再びうなじから背中を舐め下り、たまに脇腹にも寄り道しながら白く豊満な尻に戻ってきた。

うつ伏せのまま股を開かせ、真ん中に腹這いになると、何とも豊かな双丘が目の前に迫った。

まるで大きな餅でも二つにするように、指でムッチリと谷間を広げると、奥には薄桃色の可憐な蕾《つぼみ》があった。

こんなにも美しいものが、日頃隠された部分にひっそりと存在していたのだ。

裏ネットで何度か見たことはあるが、やはり生身というのは格別なものである。

彼は吸い寄せられるように蕾に鼻を埋め込み、弾力ある丸みに顔中を密着させながら嗅いだ。

蕾には蒸れた微香が籠もり、悩ましく鼻腔が刺激された。この古めかしい屋敷のトイレは、未だにシャワー付きではないのかも知れない。

弘志はギャップ萌《も》えするように美女の生々しい匂いを貪ってから、舌を這わせて細かに息づく襞《ひだ》を舐め、充分に濡らしてからヌルッと潜り込ませた。

「く……！」

寿美枝が顔を伏せたまま呻き、キュッと肛門で舌先を締め付けてきた。

彼は舌を蠢《うごめ》かせ、滑らかな粘膜を探ると淡く甘苦い味覚が微妙に感じられた。

舌を出し入れさせるように動かし、充分に味わって顔を上げると、寿美枝は言われる前に自分から寝返りを打ち、再び仰向けになってくれた。

片方の脚をくぐって股間に陣取ると、弘志は白くムチムチと量感のある内腿に舌を這わせ、中心部に迫っていった。

見ると、ふっくらした丘には黒々と艶のある恥毛が程よい範囲に茂り、肉づきが良く丸みを帯びた割れ目からはみ出す花弁は、ネットリとした蜜にまみれていた。

やはり、こんな五十歳の童貞による稚拙な愛撫でも、隅々まで探るのが良かったのか、しっかり感じて濡れているのが嬉《うれ》しかった。

股間に籠もる熱気と湿り気を感じながら、弘志は興奮に震える指を陰唇に当て、そろそろと左右に広げた。

すると中も綺麗なピンクの柔肉で、かつて美穂が生まれ出てきた膣口《ちつこう》は、花弁状に襞を入り組ませて妖しく息づき、ポツンとした小さな尿道口もはっきり確認できた。

さらに包皮の下からは、小指の先ほどもあるクリトリスが、真珠色の光沢を放ってツンと突き立っていた。

(なんて艶めかしい……)

彼は目を凝らし、美しく熟れた割れ目内部を観察した。

「アア、そんなに見ないで……」

股間に彼の熱い視線と息を感じたか、寿美枝が羞恥に声を震わせ、白い下腹をヒクヒクと波打たせた。

もう堪《たま》らず、彼はギュッと股間に顔を埋め込み、柔らかな茂みに鼻を擦りつけ、隅々に籠もる熱気を嗅いだ。

それは生ぬるく蒸れた、汗とオシッコの混じった匂いで、悩ましく彼の鼻腔を掻き回してきた。

弘志は美熟女の匂いを貪りながら胸を満たし、舌を挿し入れていった。

膣口の襞を探ると、淡い酸味のヌメリで舌の蠢きが滑らかになった。

そして彼は味わいながら、ゆっくりクリトリスまで舐め上げていった。

4

「アアッ……！」

寿美枝がビクリと顔を仰《の》け反《ぞ》らせて熱く喘ぎ、内腿でキュッときつく弘志の両頰を挟み付けてきた。

彼は豊満な腰を抱え込み、舌先でチロチロとクリトリスを探っては、新たに溢れる蜜をすすった。

愛液を舐め取るたび、何やら未知の力が宿ってくるような気がした。これが、彼女たちの持つ神秘のパワーなのだろうか。

さらにクリトリスに吸い付きながら、指先を濡れた膣口に押し込んでみると、たちまちヌルヌルッと滑らかに吸い込まれていった。

なるほど、内側にはペニスを入れたら心地よさそうなヒダヒダがあり、吸い付くような感触だった。

彼はクリトリスを愛撫しながら、指の腹で小刻みに内壁を擦り、天井にあるGスポットの膨らみを探った。

「ダ、ダメ、いっちゃう、アアーッ……！」

すると、たちまち寿美枝が声を上ずらせ、キュッキュッと膣内の収縮を活発にさせたのだ。そのまま潮を噴くように大量の愛液を漏らし、ガクガクと狂おしい痙攣《けいれん》を開始したのである。

どうやら舌と指でオルガスムスに達したらしく、弘志は自分が熟れた美女を果てさせたことを嬉しく思った。

「も、もうやめて……」

やがて硬直を解いてグッタリとなった寿美枝が、息も絶えだえになって言った。

どうやら果てたあとは、まるで射精直後の亀頭のように全身が過敏になっているのかも知れない。

ようやく彼も舌を引っ込めてヌルッと指を引き抜き、名残惜しげにもう一度茂みに籠もる匂いを嗅いでから股間を離れた。

そして荒い呼吸を繰り返している寿美枝に添い寝し、彼女が自分を取り戻すのを待つことにした。

「ああ……、気持ち良かったわ……」

寿美枝がか細く言い、徐々に息遣いを整えながらこちらへ寝返りを打ってきた。

そのまま彼女は上になり、仰向けになった弘志の耳にキュッと軽く歯を立てると、首筋を舐め下りて乳首に吸い付いてくれた。

「ああ……」

今度は弘志が受け身になり、生まれて初めて受ける愛撫に熱く喘いだ。

熱い息に肌をくすぐられ、順々に両の乳首をチロチロと舐められると、どうにも全身がクネクネと反応してしまった。

さらに寿美枝が肌を舐め下り、膝で彼の股を開かせながら真ん中に陣取り、股間に白い顔を寄せてきた。

すると意外なことに彼女は、まず弘志の両脚を浮かせ、尻の谷間に舌を這わせてくれたのである。

「あう……」

チロチロと肛門が舐められ、ヌルッと潜り込んでくると、彼は妖しい快感に呻き、肛門で美女の舌先を締め付けた。

彼のアパートも社内もトイレはシャワー付きだが、それでも丸一日働いて全身は汗ばんでいるだろう。

しかし寿美枝は構わずに内部で舌を蠢かせ、まるで内側から刺激されるように勃起した幹がヒクヒクと上下した。

ようやく舌が引き離されると、彼女は脚を下ろし、すぐ鼻先にある陰囊《いんのう》を舐め回してくれた。

「く……」

ここも意外なほど感じる部分で、弘志は股間に熱い息を受けながら呻いた。男でも、ペニス以外にも感じる部分が多くあることを、彼は新鮮な気持ちで知ったのだった。

寿美枝は舌で二つの睾丸《こうがん》を転がし、袋全体を生温かな唾液にまみれさせると、いよいよ前進し、ピンピンに突き立っている肉棒の裏側を舐め上げてきた。

滑らかな舌がゆっくり先端まで来ると、彼女は優雅に小指を立てて震える幹を支え、粘液の滲《にじ》む尿道口をチロチロと舐め、さらに張りつめた亀頭にもしゃぶり付いた。

そして丸く開いた口で、スッポリと喉の奥まで呑み込むと、熱い鼻息で恥毛をそよがせ、幹を締め付けて吸い、内部ではクチュクチュと満遍なく舌がからみついてきた。

たちまちペニス全体が清らかな唾液にどっぷり浸ると、さらに彼女は小刻みに顔を上下させ、スポスポと濡れた口でリズミカルな摩擦を開始したのだ。

「アア……、い、いきそう……」

急激に絶頂を迫らせた弘志が言うと、彼女もスポンと口を離して顔を上げた。

やはり口に出されるより、挿入したいのだろう。

何しろこれは、無垢《むく》な美穂と交わるための予行演習なのである。

「じゃ入れてみて下さいね」

「ど、どうか、上から跨《また》いで下さい……」

言われると、彼は懸命に暴発を堪《こら》えながら答えていた。

初体験は、手ほどきしてくれる女性に上から跨いでもらうのが夢だったのだ。

「そう、いいわ。でも美穂の時は、ちゃんと上になって下さいね」

すると寿美枝も頷《うなず》き、そのまま身を起こして前進してきた。彼の股間に跨がると、自らの唾液に濡れた幹に指を添え、先端に割れ目を押し当てた。

「入れるわ。なるべく我慢するのよ」

一回り近く年下の寿美枝が、童貞少年でも相手にするように言うと、ゆっくり腰を沈めていった。

するとと張り詰めた亀頭が膣口に潜り込み、あとはヌルヌルッと滑らかに呑み込まれてゆき、彼女の股間が密着してきた。

「アア……、いいわ……」

完全に座り込んだ寿美枝が顔を仰け反らせて喘ぎ、やがて覆いかぶさるように身を重ねてきた。

弘志も、肉襞の摩擦と温《ぬく》もり、締め付けられる感触と潤いに包まれながら、懸命に奥歯を嚙《か》み締めて耐えていた。

確かに、挿入というのはあまりに気持ち良すぎて、気を張っていないと摩擦感覚だけで漏らしてしまいそうである。

胸に巨乳が密着して弾み、彼は下から両手を回してしがみついた。

「両膝を立てて。激しく動いて抜けるといけないので」

彼女が囁き、弘志も両膝を立てて豊満な尻を支えた。

まだ動かず、寿美枝は上からピッタリと唇を重ねてきた。思えばこれがファーストキスになるが、互いの全てを舐め合った最後に初キスというのも妙なものであった。

やがて美女の舌がヌルリと潜り込むと、彼も温かな唾液に濡れて滑らかに蠢く舌を舐め回してからめ、我慢できずに無意識にズンズンと股間を突き上げはじめてしまった。

5

「アア……、いい気持ちよ、いきそう……」

　すると寿美枝も腰を遣って動きを合わせ、息苦しくなったように口を離して喘いだ。

　淫らに唾液が糸を引き、彼女の開いた口からは熱く湿り気ある息が洩れた。それは白粉《おしろい》のように甘い刺激を含み、嗅ぐたびに弘志の鼻腔が悩ましく掻き回された。

　いったん動くと、あまりの快感に股間の突き上げが止まらなくなり、寿美枝も巧みに動きを一致させた。

　溢れる愛液で律動が滑らかになり、クチュクチュと淫らに湿った摩擦音が響き、溢れたヌメリが陰嚢の脇を伝い流れ、彼の肛門まで生温かく濡らしてきた。

「い、いく……！」

　弘志も、美女の甘い吐息と肉襞の摩擦の中で声を洩らし、たちまち激しく昇り詰めてしまった。

熱い大量のザーメンがドクンドクンと勢いよく内部にほとばしると、

「か、感じる……、アアーッ……！」

噴出を受け止めた寿美枝も声を上げ、ガクガクと狂おしいオルガスムスの痙攣を開始した。さっき果てたばかりなのに、やはり一つになって感じる絶頂は、舌や指の愛撫とは比べものにならないようだ。

弘志は激しく股間を突き上げながら快感を嚙み締め、心置きなく最後の一滴まで出し尽くしてしまった。

「ああ……」

ようやく、五十にして童貞を捨てた感激を嚙み締めながら声を洩らし、満足げに突き上げを弱めていくと、

「良かったわ、すごく……」

彼女も熟れ肌の強《こわ》ばりを解きながら熱い息で囁き、力を抜いてグッタリともたれかかってきた。

弘志は美熟女の重みと温もりを受け止め、まだ名残惜しげに収縮する膣内に刺激され、ヒクヒクと過敏に幹を跳ね上げた。

「あう、もう暴れないで……」

寿美枝も敏感になって呻き、幹の震えを押さえつけるようにキュッときつく締め上げてきた。

弘志は荒い呼吸を繰り返しながら、寿美枝の熱くかぐわしい息を嗅いで胸を満たし、うっとりと快感の余韻に浸り込んでいったのだった。

（とうとう初体験したんだ……）

弘志は呼吸を整えながら、感激の中で思った。セックスというのは、やはり想像していたより何百倍も良いものであった。

もちろん寿美枝が、とびきり素晴らしい女性だということも大きいだろう。もし事務的な風俗であったら、これほど大きな感激は得られなかったかも知れない。

やがて寿美枝も荒い息遣いを整え、そろそろと身を起こして股間を引き離していった。

そして手を伸ばすと文机に置かれていたティッシュの箱を取り、手早く自分で割れ目を処理しながら、何と彼女は弘志の股間に屈み込んできたのだ。

満足げに萎えかけている幹をつまみ、まだ湯気の立つほど愛液とザーメンにまみれている亀頭を舐め、チュッと吸い付いた。

「あう……」

身を投げ出していた弘志は刺激に呻いた。

もう無反応期も過ぎ、舌に翻弄されながら彼自身は、美熟女の口の中でムクムクと回復していった。

(何だか、違う……)

弘志は、身の内に漲《みなぎ》る力を感じながら思った。どうやら寿美枝の言う通り、三十年かけて成熟し、初体験で彼女の愛液を吸収して人以上のパワーが開花したのかも知れない。

「ああ、気持ちいい……」

弘志は喘ぎながら、寿美枝の口の中で最大限に勃起した幹を震わせた。

射精したばかりだというのに、立ちも快感もさっきより倍加しているではないか。

寿美枝も、彼の力を試すかのように舌をからめ、顔を上下させリズミカルにスポスポと強烈な摩擦を繰り返した。

熱い息が股間に籠もり、溢れた唾液が陰嚢まで心地よく濡らした。

どうやら、このまま口に出しても構わない勢いである。

「こ、こっちを跨いで……」

急激に高まりながら言い、弘志が寿美枝の手を引くと、彼女も亀頭を含んだまま身を反転させ、女上位のシックスナインで彼の顔に跨がってくれた。

向きが変わったので、ペニスをしゃぶる寿美枝の熱い鼻息が陰嚢をくすぐった。

彼も覆いかぶさる腰を下から抱え、割れ目に顔を埋めてチロチロとクリトリスを舐め回すと、

「あう、ダメ、集中できないわ……」

寿美枝が口を離して言い、再びスッポリと呑み込んでいった。

弘志も舌を引っ込め、潜り込むようにして茂みに鼻を埋め、悩ましい匂いを嗅ぎながら目の上で息づく蕾を眺めた。

そして彼もズンズンと股間を突き上げ、強烈な摩擦の中で絶頂を迫らせた。

「い、いきそう……」

警告を発するように言ったが、寿美枝は構わずリズミカルな愛撫を続けている。

やはり、このまま口に出して良いようだ。

彼も遠慮せず快感を受け止め、再び大きな絶頂の快感に全身を貫かれていった。

「く……！」

呻きながら身を震わせ、彼は二度目とも思えない量のザーメンをドクンドクンと勢いよくほとばしらせてしまった。

「ンン……」

喉の奥を直撃された寿美枝が呻き、それでも噎《む》せることなく摩擦と舌の蠢き、吸引を続行してくれた。

美女の口を汚すのも、実に妖しい快感があった。

だが彼女がチューッと強く吸うものだから、まるでペニスがストローと化し、陰嚢から直に吸い出されているようだった。

だから汚している意識が薄れ、彼女の意思で吸い取られている気になった。

「ああ……」

弘志は魂まで抜かれる思いで快感に喘ぎ、最後の一滴まで出し尽くしてしまった。

グッタリと身を投げ出すと、彼女も摩擦運動をやめ、亀頭を含んだまま口に溜まったザーメンをゴクリと飲み込んでくれた。

「あう」

嚥下《えんげ》と同時にキュッと口腔が締まり、彼は駄目押しの快感に呻いた。

ようやく寿美枝も口を離し、なおも余りを絞るように幹をしごき、尿道口から滲む雫《しずく》までチロチロと丁寧に舐め取ってくれた。

「も、もう……」

彼は降参するように腰をくねらせて言い、ヒクヒクと過敏に幹を震わせたのだった。

6

「あ、そこでいいです」

弘志は、寿美枝の車で送ってもらいながら高円寺に入ると言った。

あれからシャワーを借り、すき焼きの夕食を二人で済ませると、泊まらずに出て来たのである。

もう夜九時を回っていた。

二度の射精で身も心もすっきりし、しかも漲るパワーで何でも出来そうな高揚感に包まれていた。

「力はセーブしてね。普通の人の十倍は身に付いたでしょうから」

車を停めた寿美枝が言う。彼のザーメンを飲んで、そのパワーを確信したらしい。

「ええ、有難うございました」

「近々、美穂がいるときに良いタイミングで連絡するから来て」

「わかりました」

弘志は車を降りて答えた。ラインも交換したので、今後はすぐに連絡が取り合える。

やがて寿美枝は走り去っていった。

(さあ、今までの自分とは違うぞ)

弘志は、生まれ変わった気分でアパートに向かった。

明日からの土日は休みだが、特に寄りたいところもない。今まで社の宴会だけで、日頃は酒を飲む習慣もなく、滅多に外食もせず自炊で細々と生活してきたのだ。

それにしても、知力も体力も常人の十倍となると、続けて十回ぐらいの射精も出来そうだ。少しストレッチすれば出っ張った腹も引っ込むだろうし、免許を取り直して休日にドライブというのも良い。

とにかく今後どうするか、まず自分の力を確認してから考えようと思った。

そしてアパートへの近道で公園を横切ると、そこに何と根津雄太が仲間に支えられて歩いてきたではないか。酔っているようで、飲んだ帰りなのだろう。

「何だ、平山じゃないか。お前のおかげで退社が遅れたんだぞ！」

雄太が気づき、酔眼で睨《にら》みながら弘志に迫ってきた。連れも会社員風だがガタイが良いので、恐らく大学空手部の後輩なのだろう。

「呼び捨ては無礼だろう。私は十歳も年上なんだぞ、根津」

弘志は自分でも驚くほど、悠然と答えていた。全く恐いと思わず、まるで幼稚園児でも相手にしているような気分になっていたのである。

「何い、部長に贔屓《ひいき》されてるからってイイ気になるんじゃねえ！」

雄太は、支えられている仲間の手を振りほどき、いきなり殴りかかろうとした。

すると、仲間がそれを止めた。

「先輩がやることないす。こんな奴なら俺で充分すから」

言うなり、三十代ぐらいの男が弘志の顔面に正拳を繰り出してきた。酔っているので、寸止めも手加減もないようだ。

しかし弘志から見ると、その攻撃はスローモーションのようだった。

彼は顔に迫る拳を左手で握り、右手で腹のベルトを摑むと、思い切り持ち上げて投げつけていた。

別に柔道や合気道の技は知らないが、ただ持ち上げて投げるだけで、マネキンを相手にしている程度の力しか要らなかった。

「うわ……！」

男は宙に舞って声を上げ、放物線を描いて公園の池に落下していった。

激しい水音が立ったが、膝程度の深さなので、男はもがきながらも懸命に這い上がってきた。

「てめえ！」

雄太が喚《わめ》くように言うなり、素早い蹴りを繰り出してきた。酔っていても、さすがに勢いがあった。

その足首を摑むなり、弘志は身をひねって同じように投げつけると、遠心力で最初の男より遠くの水面に叩き込まれていた。

「ひいい……！」

雄太は悲鳴を上げ、ずぶ濡れになってもがきながら激しく水音を立て、必死に岸に這い上がった。

「酔いも醒めただろう」

弘志は言い、踵《きびす》を返して公園を出た。

生まれて初めての喧嘩《けんか》に勝って、実に爽快だった。しかも相手は二人とも空手の有段者である。

彼は身も心も軽く、住宅街の外れにあるアパートに戻った。

二階建てのアパートは、上下三部屋の六所帯。彼の部屋は一階の端だ。

六畳一間に万年床、机にパソコンに本棚。狭いキッチンには冷蔵庫があり、洗面所には洗濯機、あとは押し入れとバストイレだけだが一応シャワー付きトイレだ。

弘志は手洗いとうがいを済ませ、休日用のジャージに着替えた。

（ん？　痩せてる……）

ふと気づき、洗面所の鏡に映してみると、頬や首回りがすっきりし、腹も引っ込んでいるではないか。

どうやら早速パワーが効いて、排泄《はいせつ》のたび無駄な脂肪が追い出されていくようだ。この分なら、少し鍛えるだけで筋肉が付いてくるだろう。

薄くなった頭髪は仕方がないが、年相応ということで良い。

試しに腕立て伏せをしてみると、軽く百回クリアできたのだ。

（すごい……）

弘志は自分の力に驚きながら、今度は辞典を開いてみた。すると、かつて調べた項目は全て頭に入っており、外国語もすんなりと理解できるようになっていたのである。

エイリアンの力なのだろうが、彼は寿美枝の愛液による御利益と思った。

マレビトの種を宿した彼女も、こうした力を備えているのだろうか。それとも子育てにのみ専念し、力を得るのは男だけなのかも知れない。

まだまだ知らないことだらけなので、今後とも寿美枝や美百合に相談すれば良いだろう。もちろん定めなので、テンドを辞めてもっと大きな会社に移る気などはない。

やがて彼はネットで様々な項目を調べ、自分の知識を確認してから、寝ることにしたのだった。

7

（もっと引き締まってきた……）

翌朝、弘志が洗顔のとき鏡を見ると、さらに標準体重に近づいているのが目に見えて分かった。

確かに排泄の量も多いので、今までいかに無駄な贅肉《ぜいにく》を蓄積してきたかが分かった。

二十年前に退院したときは、栄養チューブだけの十年間を過ごしたから骨と皮だけだった。それを五年ほどで普通に戻し、さらに贅肉を貯えてしまったのである。

金は、両親の保険金や実家と土地を売った金があった。それらの手続きも、全て寿美枝がしてくれていたのだろう。

まあ二十代の十年間が失われたのは残念だが、その分はこれから取り戻せば良い。

実際、普通に生きていたところで、シャイで平凡な自分など、パッとしない二十代を過ごしたことだろう。

（とにかく五十歳で、これから本当の青春が始まるんだ！）

弘志は、胸を膨らませて思った。

そして近々あの可憐な処女、美穂が抱けるのだ。しかもナマの中出しをして、孕ませるのが使命なのである。

さらには、同志のような美百合だって抱けることだろう。

そんなことを思っていると、いきなりドアがノックされた。

「はい……」

驚いて答え、ドアを開けると何とスーツ姿の美百合ではないか。

ベンツは、近くのコインパーキングにでも停めたのだろう。

「まあ、別人のようだわ。やっぱりすごいパワーなのね」

「え、ええ、とにかく入ってください。汚くしてますけど」

言うと美百合はドアを閉め、内側からロックして上がり込んできた。

そして室内を見回してから椅子に座ったので、彼は万年床に腰を下ろした。

もちろん女性どころか、この部屋に客が来たのは初めてのことである。

「じゃ、目出度《めでた》く初体験したのね。寿美枝さんと」

「ええ……、すごい力が付いて、ゆうべ帰りに根津課長にからまれて、池へ投げ込んでしまいました」

「そう、いい気味だわ」

美百合はレンズ越しに切れ長の眼で彼を見つめ、脚を組んだ。タイトスカートが僅かにめくれ、ストッキングの脚が形良く突き出された。

室内には、甘く上品な匂いが立ち籠めはじめている。

弘志は激しく勃起し、このまま美百合と深い仲になりたいと思った。

特にパワーの中でも、精力が最も増大したのかも知れない。

「それで、話も全部聞いたのね」

「ええ、理解するのに時間がかかりそうですが。なぜ二十年ごとに来ていたマレビトは来なくなったんでしょう」

「寿命が尽きたようだわ。その星の最後の生き残りということで、あとは平山さんに任せて子孫を地球に残したかったのでしょう」

美百合が言う。

「部長も、マレビトの子なのに、なぜ三十五歳なのですか。二十年おきに来ていたのに」

弘志は疑問を口にした。

「母は産気づくのが五年遅れたみたい。人と違って、十月十日で出来るとは限らないの。あなたの成熟まで何十年もかかったように」

なるほど、時の流れが地球人とは違い、それに寿命が尽きかけていたことも影響があったのかも知れない。

「マレビトって、どんな形だったんでしょう」

「人と変わりないらしいわ。それより、私もまだ妊娠出産できると思うので」

美百合が言い、弘志はドキリと胸を高鳴らせた。

「あ、あの、部長は処女……?」

「そんなわけないでしょう。ただ普通の男では妊娠しなかっただけ」

では、マレビトとのハーフである美百合は、パワーを持った弘志の精子しか受け付けないようだ。

「私は、何をすればいいんです……?」

「私や美穂ちゃんだけでなく、普通の女性たちもどんどん抱いて、少しでも多くの子を作る事よ」

嬉しいことを言われ、弘志は激しく勃起してきた。

では今後、どんな女性を相手にしてもコンドームなど着けず、ナマの中出しをして良いということなのだろう。

そして認知だの何だのという世俗的なゴタゴタは、財産の多いテンドがフォローしてくれそうだった。あるいは弘志の種を宿した女性は、みな自分で何不自由なく生きられるのかも知れない。

強大なパワーで、誰としても良いなどという幸運は、まるでご都合主義の官能小説のようではないか。

「じゃ、今ここで部長としても構わないんですか」

「ええ、部長なんて言わないで」

恐る恐る言うと美百合が答え、立ち上がってスーツを脱ぎはじめた。

（うわ……）

まさか、この六畳間で美女を相手にする日が来るなど夢にも思わず、舞い上がりながら弘志も脱ぎはじめていった。

五十歳の弘志からすれば、美百合は十五歳も年下だが、やはり上司だし、彼は三十歳の退院時に生まれたようなものだから気持ちは青年である。

だから彼は、寿美枝や美百合に対しては、お姉さんを相手にしているような気分になるのだった。

やがて手早く全裸になると、美百合も甘い匂いを漂わせて下着だけの姿になった。

「見せて、見違えるようだわ」

彼女が言い、弘志の引き締まった腹に触れ、急角度に突き立ったペニスもピンと指で弾《はじ》いてきた。

「あう……」

「前の体型も好きだったのよ。変わらないままでも良かったのに」

「わあ、もっと早く言ってくれればいいのに」

言うと美百合は笑みを洩らし、ブラとショーツを脱ぎ去り、たちまち一糸まとわぬ姿になった。

着痩せするのか、美百合も案外な巨乳で形良く、実に張りがありそうだった。

ウエストもくびれ、スラリとした長い脚が魅惑的である。

股間の茂みも手入れしているのか、逆三角で程よい範囲に煙っていた。

「あの、どうかメガネだけはそのままで」

外そうとした美百合に言うと、彼女もすぐにメガネを掛け直してくれた。

やはり弘志も日頃から見慣れている顔の方が良く、知的な感じがして好きなのである。

やがて二人は、期待と興奮に息を弾ませながら、一緒に万年床に横になっていったのだった。

第二章　性春の始まり

1

「ね、ここに座って」

弘志は仰向けになり、下腹を指して美百合に言った。

「大丈夫？　重いわ」

「ええ、すっかり頑丈な体になったので」

答えると、彼女も身を起こし、そろそろと跨がって弘志の下腹に座り込んだ。

生温かく濡れはじめている割れ目がピッタリ密着し、彼は高まりながら美百合の両足首を握って引っ張った。

「あう、何するの……」

「顔に足を乗せて」

言いながら引き寄せると、

「アア……、こんなことされたいの……」

美百合も熱く息を弾ませながら、そろそろと両足の裏を彼の顔に乗せてくれた。

弘志は立てた両膝に彼女を寄りかからせ、人間椅子になったように、美女の全体重を受け止めた。

もちろん苦しくはなく、むしろ興奮に包まれ、急角度に勃起したペニスでトントンと彼女の腰をノックした。

湿り気ある足裏を顔中に受け止めるのも実に快感である。何しろ、日頃からオナニー妄想でお世話になっている社長令嬢の上司、知的で颯爽たるメガネ美女なのだ。

彼は美女の足裏に舌を這わせ、形良い足指の間に鼻を割り込ませて嗅いだ。そこはやはり、昨夜の寿美枝のように生ぬるい汗と脂に湿り、蒸れた匂いが濃く沁み付いて鼻腔を刺激してきた。

「あう、匂うでしょう。シャワーも浴びていないのに……」

美百合が呻き、腰をくねらせるたび潤いの増した割れ目が下腹に擦り付けられた。

あるいは美百合は、昨夜まで女性体験のなかった弘志のことだから、すぐにも挿入してくるとでも思い、それでシャワーを省略したのだろう。

だが、ろくに女性を知らないからこそ、すぐに挿入するのは勿体ないので、隅々まで味わうものなのである。

彼は充分にムレムレの匂いを貪ってから爪先にしゃぶり付き、順々に指の股に舌を挿し入れて味わった。

「アアッ……、変な気持ち……」

彼女が声を上げ、ビクリと肌を震わせた。

何人かの男とは体験してきたようだが、足の指をしゃぶられるのは初めてなのかも知れない。

やがて弘志は両足とも、全ての指の股の味と匂いを貪り尽くすと、彼女の手を握って引っ張った。

「跨いで」

言うと美百合も腰を浮かせて前進し、彼の顔の左右に足を置くと、和式トイレスタイルでしゃがみ込んでくれた。

脚がM字になると、白い内腿がムッチリと張り詰めて量感を増し、濡れた割れ目が鼻先に迫った。

「アア、恥ずかしいわ。こんな格好させるなんて……」

日頃颯爽としている美百合も、今は大胆なポーズで激しい羞恥を湧かせ、声を熱く震わせていた。

丘に茂る恥毛はふんわりとして、黒々とした艶を持っていた。割れ目からはみ出す陰唇は露を宿し、僅かに開いて息づく膣口と、小指の先ほどの光沢あるクリトリスを覗かせていた。

腰を抱えて引き寄せ、茂みに鼻を埋め込んで嗅ぐと、やはり生ぬるく蒸れた汗とオシッコの匂いが馥郁《ふくいく》と籠もり、悩ましく鼻腔を刺激してきた。

「そ、そんなに嗅がないで……」

彼が犬のようにクンクン鼻を鳴らすので、美百合は羞恥に喘いで言い、思わずギュッと座り込みそうになるたび懸命に彼の顔の両側で足を踏ん張った。

弘志は充分に鼻腔を満たしながら舌を挿し入れ、陰唇の内側から柔肉を舐め回した。膣口の襞は淡い酸味のヌメリにまみれ、すぐにも舌の蠢きが滑らかになった。

味わいながらクリトリスまで舐め上げていくと、

「アァッ……！」

美百合が熱く喘ぎ、新たな愛液を漏らしながら白い下腹をヒクヒク波打たせた。

彼は舌先を上下左右に蠢かせてクリトリスを刺激し、新たに溢れる愛液をすすりながら匂いに酔いしれた。

そして尻の真下に潜り込むと、豊かで弾力ある双丘が顔中に心地よく密着した。

谷間にひっそり閉じられるピンクの蕾は、僅かにレモンの先のように突き出た艶めかしい形状で、誰も着衣の美女がこうした蕾をしているなど想像が付かないだろう。

鼻を埋めて嗅ぐと蒸れた微香が籠もり、舌を這わせてヌルッと潜り込ませると、

「あう……！　嘘……」

美百合が呻き、キュッときつく肛門で舌先を締め付けてきた。

足指と同じく、ここも舐められたことがないのなら、とことん駄目な男とばかり付き合ってきたのだろう。

滑らかな粘膜を探ると、鼻先にある割れ目が収縮し、とうとうトロリと熱い愛

液が滴ってきた。

彼は充分に舐めてから、再び割れ目に戻ってヌメリをすすり、クリトリスにチュッと吸い付いた。

「く……、もうダメ……」

すっかり高まった美百合が言うなり、ビクッと股間を引き離した。

そのまま彼女は移動し、弘志を大股開きにさせて腹這い、股間に顔を寄せてきた。

セミロングの髪がサラリと内腿を撫で、熱い息が股間に籠もった。

彼女は幹を指で支え、肉棒の裏側を滑らかに舐め上げ、粘液の滲む尿道口をチロチロと探り、丸く開いた口でスッポリと呑み込んでいった。

「ンン……」

喉の奥まで深々と含んで熱く呻き、彼女は幹を締め付けて吸い、口の中ではクチュクチュと舌をからめてくれた。

「ああ、気持ちいい……」

弘志は快感に喘ぎ、生温かな唾液にまみれたペニスをヒクヒク上下させた。

さらに彼女は顔を上下させ、濡れた口でスポスポとリズミカルに摩擦してくれた。

彼もズンズンと股間を突き上げると、たちまちジワジワと絶頂が迫ってきた。

「い、いきそう……」

言うと、すぐに美百合がスポンと口を引き離して添い寝した。

「入れて……」

「上から跨いで」

「ダメよ。美穂ちゃんの初体験のため、上になる練習もしないと」

美百合が言うので、あるいは寿美枝から、彼の初体験が女上位だったという報告を受けているのかも知れなかった。

2

「じゃ、まず四つん這いになって」

身を起こした弘志も、様々な体位を体験しようと思って言った。

すると美百合も素直に腹這いになり、四つん這いで形良い尻を突き出してくれたのだ。

彼は膝を突いて股間を進め、先端を濡れた膣口にあてがい、バックからゆっくり挿入していった。

ヌルヌルッと根元まで押し込むと、

「アアッ……！」

美百合が滑らかな背中を反らせて喘ぎ、キュッときつく締め付けてきた。

さすがに、子持ちの寿美枝より締まりが良く、彼は股間を押しつけ、密着する豊かな尻の丸みを心地よく味わった。

腰を抱えてズンズンと腰を前後させ、さらに背に覆いかぶさり、両脇から回した手で形良い乳房を揉みしだいた。

「い、いい気持ち……」

彼女も腰を動かし、顔を伏せて口走った。

しかし弘志は、彼女の髪の匂いを嗅いでから身を起こし、いったんペニスを引き抜いてしまった。

やはり美しい顔が見えず、唾液や吐息が貰えないのは物足りないので、ここで果てる気はなかった。

「アア……」

快楽を中断された美百合が声を洩らし、支えを失ったように突っ伏した。

「今度は横になって」

弘志が言うと、彼女も横向きになったので、彼は上の脚を持ち上げ、下の内腿に跨がると、今度は松葉くずしの体位で再び深々と挿入していった。

やはり生まれ変わった気持ちで、積極的に要求できるようになっているのだ。

「あう、いい……」

再び根元まで貫かれ、横向きの美百合が色っぽい表情で呻いた。

彼は温もりと感触を味わい、上になった美百合の脚に両手でしがみついた。

互いの股間が交差しているので密着感が高まり、膣内の感触のみならず、擦れ合う内腿も心地よかった。

そして何度か腰を遣って摩擦快感を味わったが、また彼は引き抜き、今度は彼女を仰向けにさせた。

そろそろ彼も限界が近いので、これが最後の挿入となろう。

正常位で一気に根元まで押し込むと、

「アアッ……、すごい……」

美百合が顔を仰け反らせて喘ぎ、両手で彼を求めてきた。弘志も脚を伸ばして身を重ね、まだ動かずに屈み込んでチュッと乳首に吸い付いた。

ツンと硬くなった乳首を含んで舌で転がし、顔中で張りのある膨らみを味わった。

左右の乳首を交互に愛撫し、さらに彼女の腕を差し上げて腋の下にも鼻を埋め込んだ。

そこは寿美枝とは違ってスベスベだが、やはり生ぬるく湿って、濃厚に甘ったるい汗の匂いが籠もっていた。

「あう……、突いて、お願い、強く奥まで何度も……」

美百合が、下で身悶えながら言い、両手を回して激しくしがみついてきた。

どうしても、彼がまだろくな体験をしていないので、何かとリードするような口調になってしまうのだろう。

しかし彼女の方が絶頂を迫らせ、愛液を大洪水にさせて膣内の収縮を高めていた。

弘志は、彼女の両の乳首と腋まで存分に味わうと、白い首筋を舐め上げて上からピッタリと唇を重ねていった。

舌を挿し入れ、滑らかな歯並びを左右にたどると、

「ンン……」

美百合も熱く呻きながら歯を開き、ネットリと舌をからめてきた。

彼女の熱い鼻息に鼻腔が湿り、生温かな唾液に濡れて蠢く舌が、何とも滑らかで美味しかった。

美百合に憧れを寄せている課長の雄太などは、ダサい平社員の弘志が、彼女と一つになり舌を舐め合っているなど夢にも思わないだろう。

美百合は、彼の舌に吸い付きながら、待ち切れないようにズンズンと股間を突き上げてきた。弘志も合わせ、徐々に腰を突き動かしはじめると、

「アア……、い、いきそうよ、もっと……」

美百合が口を離し、淫らに唾液の糸を引きながら熱く喘いだ。

口から吐き出される息は湿り気を含み、シナモンに似た悩ましい匂いがして、妖しく彼の鼻腔を刺激してきた。

いったん動くと快感に腰が停まらなくなり、次第に互いの律動がリズミカルになっていった。溢れる愛液でたちまち動きも滑らかになり、クチュクチュと淫らに湿った音が響き、ヒタヒタと揺れてぶつかる陰嚢も生温かく濡れた。

そして彼が、美女のかぐわしい吐息を嗅ぎながら激しく股間をぶつけるように

動き続けていると、

「い、いく……、アアーッ……！」

たちまち美百合が声を上ずらせ、ガクガクと狂おしいオルガスムスの痙攣を開始したのだ。膣内の収縮も最高潮になり、粗相したように大量の愛液が漏れ、互いの股間がビショビショになった。

その激しい収縮に巻き込まれると、たちまち弘志も昇り詰め、大きな絶頂の快感に貫かれてしまった。

「く……！」

激しい快感に呻きながら、熱い大量のザーメンをドクンドクンと柔肉の奥にほとばしらせると、

「あう、すごい……！」

噴出を感じた美百合は、駄目押しの快感を得たように呻き、彼を乗せたままブリッジするように反り返った。

弘志は暴れ馬に跨がる心地で、ヌメリと締め付けで抜けないよう懸命に股間を押しつけながら、心地よい摩擦の中で最後の一滴まで出し尽くしていった。

すっかり満足しながら徐々に動きを弱めていくと、

「ああ……」

美百合も、精根尽き果てたようにか細く声を洩らし、グッタリと力を抜いて身を投げ出していった。

弘志ももたれかかり、まだ収縮する膣内の刺激に、ヒクヒクと過敏に幹を跳ね上げた。

「く……」

すると彼女も敏感になっているのか、呻きながら応えるようにキュッときつく締め付けてきた。

彼は美女の熱く刺激的な吐息を嗅いで胸を満たし、うっとりと余韻を味わった。

3

「ね、オシッコ出してみて」

バスルームで、弘志は美百合にせがんだ。

互いに呼吸を整え、シャワーの湯で全身を洗い流したところだ。

バスルームなのでメガネを外したから、何やら別人の美女を前にしているように新鮮で、たちまち彼の興奮が甦った。

「どうして、そんなことを……」

美百合は言い、どうやらこれも初体験のようだった。

「美百合さんも、エイリアンとのハーフだから、出すものにパワーが秘められているのでしょう?」

「どうか分からないけど、出るかしら……」

「少しでいいから」

弘志はムクムクと回復しながら床に座り、彼女を目の前に立たせた。そして片方の足を浮かせ、バスタブのふちに乗せると、開いた股間に顔を埋めた。

湿った茂みは、もう大部分の匂いは消えてしまったが、それでも舌を這わせると新たな愛液が湧き出してきた。

「アア……、出そうよ、離れて……」

たちまち尿意を催したように、美百合が声を震わせた。

あるいは、すでに彼が強大なパワーを宿して、相手を言いなりにさせる力を持ちはじめているのかも知れない。

なおも舐めていると、奥の柔肉が蠢き、味と温もりが変化してきた。

「あう、出る……」

美百合が息を詰めて短く言うなり、チョロチョロと熱い流れがほとばしってきた。

舌に受けて味わうと、それは味も匂いも淡く控えめで、喉に流し込んでも何ら抵抗はなかった。

「アア、ダメ……」

美百合がガクガク膝を震わせて言い、それでもフラつく体を支えるように両手で彼の頭に摑まった。

勢いが増すと口から溢れた分が温かく肌を伝い流れ、ピンピンに回復したペニスを心地よく浸した。

それでもピークを過ぎると勢いが衰え、やがて流れは治まってしまった。

彼はなおも、余りの雫をすすり、残り香の中で割れ目を舐め回した。

すると新たに溢れてくる愛液のヌメリで、残尿が洗い流されるように淡い酸味が満ちていった。

「も、もうダメ……」

美百合はビクッと反応して言うなり、足を下ろしてクタクタと座り込んでしまった。

弘志はもう一度シャワーの湯で互いの全身を洗い流すと、彼女を支えて立たせ、タオルで拭いて布団に戻った。

「すごい、こんなに勃《た》って……」

再びメガネをかけた美百合が、添い寝しながら驚いたように言い、そっとペニスに触れてきた。

「ね、もう一度したい。今度は美百合さんが上になって」

「いいわ、あれだけ出来るのなら、もう心配要らないでしょうから……」

言うと美百合も答え、移動して彼の股間に顔を寄せてきた。

「ここ舐めて」

弘志も図々しく言い、両脚を浮かせて抱え、彼女の鼻先に尻を突き付けた。

すると美百合も厭《いと》わずにチロチロと肛門に舌を這わせ、自分がされたようにヌルッと潜り込ませてくれた。

「あう、気持ちいい……」

弘志は妖しい快感に呻き、美人上司の舌をモグモグと味わうように肛門で締め付けた。

彼女も中で舌を蠢かせ、やがて彼が脚を下ろすと自然に舌を引き離し、鼻先にある陰嚢をしゃぶってくれた。

二つの睾丸を転がし、袋全体を生温かな唾液にまみれさせると、彼女は自分から前進してペニスの裏筋を舐め上げ、スッポリと呑み込んでいった。

根元まで含んで吸い、たっぷりと唾液を出して肉棒を濡らし、やがて口を離して顔を上げた。

そして前進して跨がると、幹に指を添えて先端に割れ目を押し付け、息を詰めてゆっくり腰を沈み込ませた。

たちまち張り詰めた亀頭が膣口に潜り込み、ヌルヌルッと滑らかに根元まで嵌《は》まり込んでいった。

「アア……！　奥まで届くわ……」

美百合がぺたりと座り込み、顔を仰け反らせて喘いだ。彼の胸に両手を突いて上体を反らせ、密着した股間をグリグリ擦りつけると、彼も摩擦と締め付けに包まれながら高まっていった。

両手を伸ばして抱き寄せ、両膝を立てて尻を支えると、美百合も覆いかぶさるように身を重ねてきた。

下からしがみつき、彼はすぐにもズンズンと股間を突き上げはじめた。

「あう、いい気持ち……」

美百合も熱く呻き、内部で感じる部分があるのか、そこばかり集中的に先端で擦りながら動いた。

「唾を垂らして……」

下からせがむと、美百合も懸命に唾液を分泌させて口に溜め、形良い唇をすぼめて迫った。そして白っぽく小泡の多い粘液をトロトロ吐き出してくれ、弘志は舌に受け止めて味わった。

うっとり喉を潤すと、彼は興奮に突き上げを強めていった。

「ね、顔に強くペッて吐きかけて」

恥ずかしい要求に、膣内のペニスがヒクヒクと震えた。

「どうして、そんなことを……」

「綺麗な美百合さんが、決して他の男にしなかったことを、僕だけにしてほしい」

言うと、彼女も再び唾液を溜めて顔を寄せ、息を吸い込んで止めると、強くペッと吐きかけてくれた。

「アア……」

弘志は、かぐわしいシナモン臭の吐息を顔に受け、生温かな唾液の固まりを鼻筋に受けて喘いだ。それはほのかな匂いをさせて頬の丸みを伝い、トロリと流れた。

「アア、こんなことさせるなんて……」

美百合も興奮を高めたように、突き上げに合わせて腰を遣いはじめた。愛液はさっき以上に溢れ、ピチャクチャと摩擦音が聞こえてきた。

「顔中ヌルヌルにして……」

絶頂を迫らせながら言うと、美百合も舌を這わせ、彼の鼻の穴から頬までヌルヌルにしてくれた。舐めるというより、吐き出した唾液を舌で塗り付ける感じで、たちまち彼は美女の唾液と吐息の匂いに包まれ、肉襞の摩擦の中で昇り詰めてしまった。

「い、いく……！」

口走って、ありったけのザーメンを注入すると、

「あう、気持ちいい。命中したかも……！」

噴出を感じた美百合も声を上げ、ガクガクと狂おしく身悶えはじめたのだった

……。

4

（本当に、美百合部長は孕んでしまったんだろうか……）

弘志は思い、レストランで昼食を終えた美百合と別れて歩いた。

まあ今後のことは、なるようになるだろうと、彼はすっかり今までの心配性を卒業し、楽観的になって思った。

そして弘志は、レストランの洗面所で、さらなる自分の変化に驚いていたのだ。薄かった頭髪が徐々に増えはじめ、抜けたまま放置していた奥歯二本が再生していたのである。

やはり寿美枝に加え、美百合の体液からパワーを吸収した効果なのだろう。

やがて彼は商店街を抜け、裏道に入ってアパートへ戻ろうとすると、人家のない路地に二台の車が停まり、トラブルになっているようだ。

一人は女性で、弘志の知った顔。彼が勤めるテンドのOL、広田鈴江《ひろたすずえ》ではないか。

まだ大卒で入ったばかり、二十三歳の若さである。顔立ちも整い清楚で、何か
と課長の雄太は、美百合のみならず鈴江にも嫌らしい眼差しを向けていた。

トラブルの相手はガタイの良いチンピラ風で、車も派手だった。

「どうしてくれるんだ。修理代を出せよ」

「煽《あお》ってきたのはそっちでしょう」

凄《すご》まれても、鈴江は果敢に言い返していた。見ると鈴江の新車は側溝に前輪を
落とし込んで動けないようだ。

弘志は近づいてゆき、

「どうした」

と声をかけた。

するとチンピラがジロリと目を向け、

「何だ、てめえは……、え……？」

驚きに目を丸くした。何しろ弘志が、側溝に落ちた鈴江の車を軽々と持ち上げ
て道路に戻したのである。

ぶつけられたか、鈴江の車のボディが僅かに凹んでいた。

「あおり運転をしたようだな。若い女性と見て甘く見たか。だが彼女は俺の知り

合いだ」

弘志は言って詰め寄り、奴を自分の車に押し込んだ。

「さあ、彼女の車の修理代を出せ」

「て、てめえ、やる気か……」

運転席に押し込まれながら男が虚勢を張ったが、弘志は奴の顎を摑み、鈴江から見えないようにゴキリと粉砕してやった。

今までは弘志の握力など三十ちょっとぐらいしかなかったが、今はその十倍の力があるのだ。

「ぐええ……！」

男は奇声を発して呻き、白目を剝《む》いて昏倒してしまった。顎関節が粉々になり、恐らく修復は不可能。今後一生流動食しか口に出来ないだろう。

さらに男の胸ポケットから財布を出し、万札が三枚入っていたのでそれを抜き取り、ドアを閉めて鈴江の方に戻った。

「さあ、説得したら修理代を出したんで、これを取っておくといい」

「ま、まさか平山さん……？」

鈴江が、つぶらな目をさらに真ん丸にさせていった。やはり恐かったのか、甘ったるい汗の匂いが生ぬるく漂った。

ふんわりしたセミロングの髪に、形良い胸の膨らみ、可憐な笑窪《えくぼ》が、僅かに少女っぽさを残している。

「とにかくこの場を離れよう。僕も送ってくれるかい？」

「え、ええ……」

鈴江は頷き、運転席に入ったので彼も助手席に乗り込んだ。

後部シートには荷物が置かれているので、土曜なので買い物をしていたようだ。

やがて鈴江は気を取り直し、スタートしてチンピラの車を注意深くすり抜けて走った。

「あの人、どうしたのかしら。運転席でグッタリして」

鈴江が、ミラーで奴の車を見て言った。

「ああ、ごねたんでパンチをお見舞いしたらノビちゃったんだ」

弘志は答え、三万円をダッシュボードに載せてやった。

「す、すごいんですね。別人みたい。昨日、社で会ったときと印象が違います……」

「必死に自主トレを続けて、ダイエットの効果がやっと現れたんだよ」

「そうなんですか……」

鈴江は、まだ半信半疑の様子でハンドルを繰った。

「うちへ来て下さい。すぐそこですから、お礼にお茶でも」

鈴江が言い、彼が頷くと車はやがてマンションの駐車場に入って停まった。

「本当に、このお金いいんですか」

「ああ、どうせ僕の金じゃないし、大した凹みじゃないから足りると思うよ」

「済みません」

彼女も素直に三万円を財布に入れて車を降りた。弘志も、荷物を持ってやり一緒にマンションに入った。

エレベーターで五階まで上がると、鈴江がキイを出して開け、彼を招き入れてくれた。

中はワンルームタイプで、清潔なキッチンとリビング、奥の窓際にはベッドがあり、手前には机に本棚、テレビにテーブルなどが機能的に配置され、室内には生ぬるく甘ったるい匂いが立ち籠めていた。

「お客さんが来たの初めてです」

鈴江がキッチンで湯を沸かし、買ってきた食材を冷蔵庫にしまいながら言った。

春の就職とともに入居し、それまでは大学近くのハイツに住んでいたらしい。

「彼氏は？」

「学生時代はいましたけど、互いに就職で離れて自然消滅です」

鈴江が答え、手際よく紅茶を淹《い》れてくれた。

弘志は一人用のテーブルの椅子に掛け、彼女は学習机の椅子に座った。

「頂きます」

「ええ、あらためて、有難うございました。まだ夢でも見てるようです」

彼が熱い紅茶をすすると、鈴江はうっとりと彼を見つめて言った。

二回り以上も年上の五十男だが、弘志の見た目は、今は四十前ぐらいだろう。

それに鈴江は彼氏もいない時期だし、助けてくれた彼をヒーローのように思いはじめているのかも知れない。

いや、恐らく彼の欲望パワーが、清純派の彼女の淫気を操るように働きかけているのではないか。

もちろん弘志も、昼前に美百合と濃厚な二回をしたのだが、絶大なパワーで、この若いＯＬに熱い欲望を覚えはじめていた。

5

「自主トレだけで、そんなに痩せられるんですか？」

鈴江は、弘志の変化が気になるように言った。何しろ昨日、社内で会ったときはまだ小太りでダサい印象の筈《はず》なのである。

「うん、そんなに変わったかな」

「はい、もちろん平山さん本人だということは分かるんですけど」

「脱ぐので見てみる？」

言って立ち上がり、ベッドの方へ行くと鈴江も、モジモジと戸惑いながら一緒に来た。

やはり彼のオーラに圧倒され、淫らな好奇心を湧かせはじめているのだろう。

「僕だけ脱ぐのは恥ずかしいので、君も脱いでみて」

脱ぎながら言うと、鈴江はベッド脇の窓のカーテンを閉め、自分もブラウスのボタンを外しはじめていった。

カーテンを閉めても暗くはならず、カーテンのない他の窓からも午後の陽射しが入って充分に観察できる明るさである。

先に全裸になり、ベッドに横になると、枕には若い娘の匂いが悩ましく沁み付いていた。髪の匂いやリンス、汗や涎《よだれ》なども混じっているかも知れない。

その刺激に彼自身は、はち切れそうにピンピンに突き立った。

鈴江も背を向けてブラウスとスカートを脱ぎ、ブラとソックスを脱ぐと、ためらいなく最後の一枚を脱ぎ去った。

そして向き直り、羞恥に頬を染めながら添い寝してきた。

「本当、引き締まってるわ……」

彼女が囁くように言い、そっと彼の胸に触れ、肩や二の腕にも触れてきた。

「すごい筋肉……、車を持ち上げるだけあるわ……」

鈴江が感嘆しながら言い、今までスポーツなど縁のなかった彼はくすぐったい思いで勃起した幹を震わせた。

そして鈴江の腕をくぐり、甘えるように腕枕してもらうと、彼女も身を強ばらせながらじっとしてくれていた。

息づく乳房は、やや円錐状にツンと上向き加減で、乳首も乳輪も初々しい桜色をしていた。弘志はそっと乳首に指を這わせながら彼女の腋の下に鼻を埋め込む

と、

「あう……」

鈴江が声を洩らし、くすぐったそうにビクリと反応した。

腋の下はジットリと湿り、あおり運転をされたときから恐怖と緊張に包まれていたのだろう、甘ったるい汗の匂いが濃厚に籠もって彼の鼻腔を満たした。

「いい匂い」

「あん、ダメ……」

鈴江は、勢いに任せて脱いだものの、シャワーを浴びていないことを思い出したのか、さらなる羞恥に息を震わせた。

弘志は充分に若い娘の体臭で胸を満たしてから、そろそろと移動してチュッと乳首に吸い付き、もう片方の膨らみを探りながら舌で転がした。

「アアッ……」

鈴江が顔を仰け反らせて喘ぎ、クネクネと身悶えはじめた。

彼も顔中で若い張りのある膨らみを味わい、左右の乳首を交互に含んで舐め回した。

そして首筋を舐め上げ、上からピッタリ唇を重ねると、

「ンン……」

鈴江も熱く呻き、両手で激しくしがみついてきた。

唇の感触と湿り気を味わいながら舌を挿し入れ、滑らかな歯並びを舐めると、彼女も舌を触れ合わせてくれた。

弘志は指で乳首をいじりながら舌をからめ、彼女の熱い鼻息で鼻腔を湿らせて激しく高まった。

チロチロと滑らかに蠢く舌は生温かな唾液に濡れ、嚙み切ってしまいたいほど柔らかで可愛らしかった。

執拗《しつよう》に舌をからめながら、乳首から離した指で割れ目を探り、柔らかな恥毛を搔き分けて陰唇を撫でると、そこは熱くネットリと潤っていた。

「ああッ……」

鈴江が口を離して喘ぎ、内腿でキュッと彼の指を挟み付けてきた。

熱く湿り気ある吐息は花粉のような匂いを含み、恐怖と緊張を越えたばかりだから、刺激が濃厚に彼の鼻腔を搔き回してきた。

それに休日で誰にも会う予定がなかったからか、昼食後のケアもしていないようで、その濃い吐息が実に悩ましかった。

ずっと嗅いでいたいが彼は移動し、白く滑らかな肌を舐め下りていった。

臍を探って腰から脚を舐め下り、丸い膝小僧を軽く噛んで脛をたどると、どこもスベスベの舌触りだった。

足首まで行くと足裏に回って、踵から土踏まずを舐め、縮こまった指の間に鼻を押し付けると、やはりそこも汗と脂に生ぬるくジットリ湿り、ムレムレの匂いが濃く沁み付いていた。

（ああ、若い子の足の匂い……）

弘志は感激と興奮に包まれながら、蒸れた匂いを貪った。

そして爪先を含み、順々に指の股に舌を割り込ませて味わった。

何しろ昨夜は三十九歳の美熟女を相手にし、今日の午前中は三十代半ばの美人上司だ。どんどん若返って、今は二十三歳の足指をしゃぶっているのである。

「あう、ダメ、汚いですから……」

鈴江が身をくねらせて呻くが、もうすっかり朦朧《もうろう》となっているようだ。

彼は両足とも、鈴江の指の股に沁み付いた味と匂いを貪り尽くし、股を開かせて脚の内側を舐め上げていった。

内腿はムッチリと健康的な張りに満ち、思い切り噛みつきたい衝動に駆られる弾力を持っていた。

そして股間に迫って目を凝らすと、恥毛が楚々と茂り、割れ目からはみ出す花びらがヌラヌラと熱く潤っていた。

そっと指を当てて左右に広げると、膣口は花弁状に襞が入り組んで息づき、小さな尿道口も見え、光沢あるクリトリスもツンと突き立っていた。

堪らずに顔を埋め込み、柔らかな茂みに鼻を擦りつけて嗅ぐと、蒸れた汗の匂いとほのかな残尿臭が悩ましく鼻腔を掻き回し、彼は舌を挿し入れていった。

6

「アアッ……、いい気持ち……」

鈴江が、匂いを気にして羞《は》じらいながらも、熱く喘いで正直に口走った。

弘志も舌先で膣口を掻き回し、ヌメリを味わいながらクリトリスまで舐め上げていくと、彼女の内腿がきつく顔を挟み付けてきた。

チロチロと舌先で弾くようにクリトリスを刺激するたび、愛液の量が格段に増し、内腿の締め付けに力が込められた。

舐めながら見上げると、白い下腹がヒクヒク波打ち、形良い乳房の向こうに仰け反って喘ぐ表情が見えた。

こんな若い娘の股間に顔をうずめる日が来るなど、今までは夢にも思わなかったことである。

さらに彼女の両脚を浮かせ、尻の谷間に迫った。可憐なピンクの蕾に鼻を埋めると、蒸れた匂いが秘めやかに籠もっていた。

顔中を双丘に密着させながら匂いを貪り、舌を這わせて収縮する襞を濡らし、ヌルッと潜り込ませて滑らかな粘膜を探ると、

「あう、イヤ……」

鈴江が呻き、キュッと肛門で舌先を締め付けてきた。

弘志は充分に舌を蠢かせてから脚を下ろし、再び割れ目に戻ると、大洪水になっている愛液をすすり、クリトリスに吸い付いた。

「ま、待って、もうダメ……！」

すっかり高まった鈴江が、嫌々をして声を上げた。

ようやく弘志も顔を引き離して添い寝し、彼女の手を握ってペニスに導いた。

すると鈴江も、柔らかく汗ばんだ手のひらに包み込み、ニギニギと愛撫してく

れた。

さらに鈴江の顔を股間へと押しやると、彼女も素直に移動してゆき、チロチロと先端に舌を這わせ、張り詰めた亀頭にしゃぶり付いてくれた。

「ああ、気持ちいい……」

弘志は仰向けになって喘ぎ、鈴江もスッポリと喉の奥まで呑み込んでいった。幹を締め付けて吸い、熱い息を股間に籠もらせながら、口の中でクチュクチュと舌をからめてくれた。

「いいよ、こっちへ来て……」

充分に高まった彼は言って鈴江を引っ張り、股間に跨がらせながら顔を抱き寄せた。

「唾を垂らして」

中年男のペニスをしゃぶるなど内心は嫌ではないかと思って言うと、彼女も素直に愛らしい唇をすぼめ、トロトロと唾液を吐き出してくれた。

彼はうっとりと味わい、喉を潤しながら、

「入れて」

言うと、鈴江ものしかかりながら手探りで幹を支え、濡れた割れ目を先端に押し付けてきた。

「ナマで出しても大丈夫？」

「平気です……」

念のため訊くと、鈴江は答えながら腰を沈め、ヌルヌルッと滑らかに根元まで膣口に納めていった。

恐らくピルでも常用しているのだろう。もちろん彼氏はいないから避妊のためでなく、生理不順の解消などに違いない。

もちろん命中したらしたで、寿美枝や美百合が良いようにしてくれることだろう。

「アアッ……！」

股間を密着させた鈴江が熱く喘ぎ、上体を起こしていられないように身を重ねてきた。

弘志も下から両手でしがみつき、両膝を立てて尻を支えた。

中は熱く濡れ、肉襞の摩擦も締め付けも実に心地よかった。

ズンズンと股間を突き上げはじめると、

「アア……、すごい……」

鈴江が喘ぎ、自分からも腰を動かしてくれた。溢れる愛液で動きが滑らかになり、すぐにもピチャクチャと淫らに湿った音が聞こえてきた。

「ね、下の歯を僕の鼻の下に当てて」

高まりながら言うと、鈴江も興奮に任せ、ためらいや羞恥を捨ててすぐにしてくれた。

滑らかな下の歯並びが鼻の下に当てられると、心ゆくまで美女の口の中の熱気を嗅ぐことが出来た。

その間も突き上げは続けているので、

「アア……」

鈴江も熱く喘ぎながら、否応《いやおう》なく熱い吐息を与えてくれた。

花粉臭の熱気と、唇で乾いた唾液の匂いに混じり、下の歯の裏側の淡いプラーク臭も混じり、悩ましく鼻腔が刺激された。

しかも開いた口に鼻を押し込んでいるため、目の前には美女の鼻の穴が間近に迫っている。

そんなところを見られるのは恥ずかしくて嫌だろうが、鈴江も高まりながら熱い息遣いを繰り返していた。

そして若い娘の口の匂いと、締め付けと収縮に包まれながら、たちまち彼は昇り詰めてしまった。

「い、いく、気持ちいい……！」

全身を貫く快感に口走り、弘志はありったけの熱いザーメンをドクンドクンと勢いよく中にほとばしらせてしまった。

「い、いいわ……、アアーッ……！」

すると噴出を感じた途端に鈴江も声を上ずらせ、ガクガクと狂おしい痙攣を開始したのだった。

弘志は美女の熱い吐息に顔中を湿らせ、悩ましい匂いに酔いしれながら快感を嚙み締め、心置きなく最後の一滴まで出し尽くしていった。

彼が満足しながら徐々に突き上げを弱めていくと、

「アア……」

鈴江も声を洩らし、肌の強ばりを解いてグッタリともたれかかってきた。

互いに完全に動きを止めて重なっても、膣内は息づくような収縮が続き、中で彼自身がヒクヒクと過敏に幹を震わせた。

そして弘志は、若い娘の重みと温もりを受け止め、かぐわしい吐息で胸を満たしながらうっとりと快感の余韻に浸り込んでいったのだった……。

7

（それにしても、まるで夢のような二日間だったな……）

夜、弘志はアパートに戻って思った。

昨日は美熟女の寿美枝を相手に、五十歳にしてようやく童貞を捨てることが出来、今日は昼前に何度も妄想オナニーでお世話になった上司、メガネ美女の美百合と懇ろになり、午後は若い新人ＯＬ鈴江とセックスできたのである。

しかも寿美枝や美百合からは神秘のパワーをもらえ、喧嘩にも難なく勝てるし、若い娘まで言いなりに出来るのだ。

さっきは鈴江のマンションでシャワーを借りて辞し、帰宅すると例により冷凍物で夕食を済ませた。

だがせっかく引き締まった健康体になったのだから、今後は食生活も考えなければいけないだろう。

そして寝ようとするとラインが入り、見ると寿美枝からだった。

「明日の日曜、お越し願えませんか。美穂も家にいるので是非」

それを読んで、弘志はドキリと胸を高鳴らせた。

どうやら、いよいよ明晩、あの可憐な美穂の処女を頂けるのである。

この歳になって、新人ＯＬどころか、まだ十九歳の短大生が抱けるとは、何と恐ろしいほどの幸運である。しかも、それは母親公認なのだ。

美穂は美百合の紹介で、以前テンドでバイトをしていたので、弘志も何度か顔を合わせている。

アイドルのような可憐さに、あの雄太も色目を使っていたが、美穂は在庫整理を少し手伝っただけで、今は来ていなかった。

もちろん弘志は承諾の旨を返信すると、明晩は夕食前の五時半頃、最寄り駅に来てほしいとのことだった。

どうやら寿美枝と美穂の母娘、そして弘志の三人で、どこかで夕食してから家へ行くらしい。

ラインを切ると、彼は急激に勃起してしまい、思わず抜きたい衝動に駆られた。

だが、もちろん今夜は我慢だ。

今夜自分で抜いたとしても、明日も弘志は強大なパワーで精力満々に美穂を相手に出来るだろう。

それでも、やはり生身が自由になる現在、一人で抜いてしまうのはあまりに勿体ないという気になっていた。

それに今まで一人で抜き続けてきたのだから、今後は常に生身の女性と致したかった。

まあ、美穂のことは明日考えるとして、今は自分の力で何か出来ないものかと思いを巡らせた。

変えるのは食生活ばかりでなく、長年住んだこのアパートもそろそろ引き払い、もう少し広くて快適な住まいに移っても良いのではないか。

今日のように、いきなり美百合に来られても、万年床に狭いバスルームでは美女に申し訳ない。

そして今後とも、より多くの女性と関わりを持つことだろう。

それには、まず先立つ物は金だ。

いくらも貯金はないし、美百合に言えばマンション代ぐらい出してくれるかも知れないが、そこは自分で何とかしたい。

何しろ今の自分は、人の十倍の能力を持っているのである。

運も人の十倍なら、宝くじでも買うのが良いかも知れない。

そういえば長く通帳の残高を見ていなかったので、彼は灯りを消して横になる前に、パソコンのスイッチを入れて自分の残高を調べてみた。

すると何と、五千万円が振り込まれているではないか。

(え……、何……？)

弘志は目を丸くし、調べてみると前にネットで買った宝くじが当選し、振り込まれていたのである。

ネットなら、券を無くしたり換金の期限を気にすることなく、自動的に振り込まれるから、試しに一回だけ買ったものだ。

(ううん、いいんだろうか……)

何やら、恐いほどの幸運である。

これなら明日にもマンション契約が出来るだろう。

彼はパソコンを切り、寝ることにした。

興奮に眠れないかと思ったが、健康体は難なく深い睡《ねむ》りに落ちていったのである。

そして翌朝、起きた弘志は朝食と洗顔を済ませて外へ出た。

そしてATMに行って通帳に記帳し、間違いなく高額が振り込まれていることを確かめてから、不動産屋に寄った。

すると近所に四千万台の手頃なマンションがあり、すぐにも現地を見せてもらい、3LDKを確認し契約してしまった。

即金だから手続きも早く、もういつでも引っ越せる状態である。

まあ荷物も多くないし、この際だから家具も一新したい。

まあ、それらは近々順々にやれば良いだろう。帰宅した彼は、裏の大家にも今月で出ることを言った。

そして昼食を終えると、取りあえずしておく手続きや買い物などをメモして、新たな生活に胸を膨らませた。

やがて日が傾くと、弘志はシャワーを浴びて着替え、アパートを出て中央線で西へ向かった。

最寄り駅で降りると、まだ少し時間前だが、彼は寿美枝に指定された店に行った。

すると、すでに個室が予約されていて、寿美枝と美穂も来ていたではないか。

「あ、お招き頂きまして」

母娘に挨拶をすると、

「ご無沙汰してます」

と美穂が答えた。ボブカットで清楚な洋服だが、日本人形のように顔立ちの整った十九歳。美女と言うより美少女である。

（今夜、こんなにも可憐な娘の処女が頂けるんだ……）

弘志は思い、股間を熱くさせたが、ちゃんと美穂は承知しているのだろうかと少し心配になった。

席に着くと、まず飲み物が運ばれた。すでに料理も、寿美枝が頼んでいるのだろう。

「今夜、私は美百合さんの家へ泊めてもらいますので」

和服姿の寿美枝が言う。

では、今夜はあの屋敷に弘志と美穂の二人きりになるのだ。

母親の言葉を聞いても美穂は表情を変えないので、やはり何もかも承知の上で、彼と一夜を過ごす覚悟らしい。

運ばれてくる料理は和風懐石、期待と興奮に味など分からないかと思ったが、そこはやはり常人の十倍の能力だから肝も据わり、しっかり味わうことが出来た。

他愛ない雑談をしながら食事を済ませると、タクシーを二台呼んでもらい、やがて車が来ると店を出た。

寿美枝は一人で乗り込んで美百合の住まいへと向かい、弘志は美穂と一緒に屋敷へと行った。

「じゃ、私は着替えて仕度をしてくるので、マレビトの部屋で待っていて下さいね」

美穂が言って奥へ引っ込んだ。シャワーは浴びないで、と言いそびれたが、どうせ着替えだけですぐ来るだろう。

弘志は、すでに床の敷き延べられているマレビトの部屋で上着を脱ぎ、胸を高鳴らせて美穂を待ったのだった。

第三章　処女の熱き蜜

1

（うわ、何て可愛い……）

マレビトの部屋に入って来た美穂を見て、弘志は目を見張った。

彼女は寝巻姿で、きっちり着た浴衣ではなく旅館のような寝巻だが、その和装でさらに可憐な和風人形の雰囲気が増した。

もちろん着替えだけの時間しか経っていないから、シャワーなど浴びていないだろう。

あるいは弘志の持つパワーで、相手も無意識のうちに、彼の望み通りに操られてしまうのかも知れない。

部屋は、枕元にあるスタンドの薄明かりだけだが、夜目も利くようになっているので処女の観察に支障はない。

「じゃ、本当にいいの?」

「ええ……」

興奮を抑えながら訊くと、美穂も布団にきちんと座って小さく答えた。

もとより美穂は、寿美枝とエイリアンとのハーフだから、その宿命は母親以上に自覚しているのだろう。

「じゃ脱ごうか」

言いながら弘志が脱ぎはじめると、美穂も黙々と帯を解いて寝巻を脱ぎ去っていった。

下には何も着けておらず、たちまち美穂は一糸まとわぬ姿になって横たわった。

弘志も全裸になり、神聖な生娘の肢体を見下ろした。

ボブカットの美穂は神妙に長い睫毛《まつげ》を伏せ、胸も隠さず、ほぼ直立不動の姿勢で仰向けになっている。

透けるように白い肌からは、生ぬるく甘ったるい匂いが漂い、乳房は、いずれ寿美枝のような巨乳になる兆しを見せ、形良い膨らみを息づかせていた。

乳首も乳輪も初々しい桜色で、股間の翳《かげ》りは淡く、健康的な張りを秘めた脚がスラリと伸びていた。

もう堪らず、彼は覆いかぶさってチュッと乳首に吸い付き、舌で転がしながらもう片方の膨らみに手を這わせた。

「アア……」

美穂がか細く喘ぎ、ビクリと反応した。

もちろん感じているというよりも羞恥と緊張、そして初めて触れられた感覚に肌を震わせているのだろう。

舌を這わせながら顔中を膨らみに押し付けると、思春期の弾力が感じられた。

美穂は熱く息を弾ませ、じっとしていられないように、次第にクネクネと身悶えはじめていた。

弘志は充分に舐めてから、もう片方の乳首も含んだ。

「あう……」

美穂が呻き、くすぐったそうにビクリと肌を震わせては、可愛らしく甘ったるい匂いを揺らめかせた。

左右の乳首を充分に味わうと、弘志は彼女の腕を差し上げ、生ぬるく湿った腋の下にも鼻を埋め込んで嗅いだ。

さすがに短大生だからスベスベに手入れされているが、そこは甘ったるい汗の匂いが濃厚に沁み付き、悩ましく彼の鼻腔を刺激してきた。

やはりお人形ではなく、生きた美少女なのである。

弘志は美穂の体臭で胸を満たし、うっとり酔いしれながら舌を這わせた。

「あん、ダメ……」

美穂がクネクネと身をよじって言い、さらに濃い匂いを漂わせた。

弘志は充分に胸を満たしてから、滑らかな処女の柔肌を舐め下りていった。

愛らしい縦長の臍を探り、ピンと張り詰めた下腹に頬を押し付けて弾力を味わうと、微かに奥から消化音が聞こえた。

やはり半分エイリアンでも、胃腸はごく普通にあるのだろう。

もちろん股間は最後に取っておき、彼は腰から脚を舐め下りた。

丸い膝小僧を軽く噛み、スベスベの脛をたどって足首まで行き、足裏に回って舌を這わせた。

縮こまった指の間に鼻を押し付けて嗅ぐと、やはり汗と脂に生ぬるく湿り、蒸れた匂いが濃く籠もっていた。

弘志は美少女の足の匂いを貪ってから爪先にしゃぶり付き、全ての指の股に舌を割り込ませて味わった。

「あう……！」

美穂がビクリと身を震わせて呻いたが、拒みはしなかった。何もかもマレビトに身を任せるのが、自分の役割と心得ているのかも知れない。

やがて両足とも、彼は全ての指の間をしゃぶり尽くすと顔を上げ、美穂をうつ伏せにさせた。

彼女も素直に寝返りを打ち、弘志は踵から舌を這わせはじめた。

微かに靴擦れの痕があるので、今日は外食だったため慣れない革靴を履いたのかも知れない。そこを癒すように舐め、アキレス腱から脹ら脛をたどり、汗ばんだヒカガミに太腿、尻の丸みを通過していった。

腰から滑らかな背中を舐めると、淡い汗の味が感じられた。

「アアッ……！」

背中はくすぐったいらしく、彼女は顔を伏せて喘いだ。

肩まで行って髪に顔を埋めると、リンスの香りに、幼く乳臭い匂いが混じっていた。

さらに耳の裏側の蒸れた汗の匂いも貪って舌を這わせると、やがて彼は再び背中を舐め下りていった。

尻まで戻ってくると、うつ伏せのまま股を開かせて腹這い、双丘に顔を迫らせた。

指でムッチリと谷間を広げると、薄桃色の可憐な蕾がひっそり閉じられていた。

じっくり眺めてから鼻を埋めると、顔中に弾力ある双丘が密着し、蕾に籠もる蒸れた匂いが鼻腔をくすぐってきた。

充分に熱気を貪ってから舌を這わせ、細かに収縮する襞を濡らして、ヌルッと潜り込ませると、

「く……！」

美穂が呻き、キュッときつく肛門で舌先を締め付けてきた。

弘志は舌を蠢かせ、滑らかな粘膜を探り、ようやく顔を上げた。

彼女を再び仰向けに戻しながら片方の脚をくぐり、開かれた股間に顔を迫らせた。

ぷっくりした丘には楚々とした若草が煙り、ゴムまりを二つ並べて押しつぶし

たような割れ目からは、僅かにピンクの花びらがはみ出していた。

もちろん処女の割れ目を見るなど、生まれて初めてのことである。

彼は目を凝らし、そっと指を当てて割れ目を左右に広げていった。

2

「アア……、恥ずかしい……」

陰唇を広げられ、弘志の熱い視線と息を股間に感じた美穂がか細く喘いだ。

処女の膣口は花弁のように襞を入り組ませて息づき、ピンクの柔肉は驚くほど大量の蜜に潤っていた。

ポツンとした小さな尿道口もはっきり見え、包皮の下からは小粒のクリトリスが顔を覗かせ、ツヤツヤとした綺麗な光沢を放っている。

彼は吸い寄せられるように顔を埋め込み、柔らかな若草に鼻を擦りつけた。

隅々には生ぬるく蒸れた汗とオシッコの匂いが沁み付き、嗅ぐたびに悩ましく鼻腔が刺激された。

うっとりと胸を満たしながら柔肉を舐め回すと、淡い酸味のヌメリが舌の動きを滑らかにさせた。

膣口の襞を掻き回してからゆっくり柔肉をたどり、クリトリスまで舐め上げていくと、

「アアッ……！」

美穂がビクッと反応して喘ぎ、内腿でムッチリと彼の両頬を挟み付けてきた。

やはり自分でいじるぐらいのことはしていて、クリトリスへの刺激による絶頂は知っているのだろう。

弘志はチロチロとクリトリスを舐めては、新たに溢れる蜜をすすり、さらに指を処女の膣口に潜り込ませていった。

さすがに指一本がやっとという感じだが、潤いが充分なので、指は滑らかに奥まで吸い込まれた。

中は熱く、挿入に備えて揉みほぐすように小刻みに内壁を摩擦しながら、なおもクリトリスを舐めると、

「も、もう……」

美穂が嫌々をして声を洩らした。

今にもクリトリスへの刺激で果てそうになり、充分に準備が整ったのだろう。

やがて彼も指を引き抜き、生娘の味と匂いを充分に堪能《たんのう》してから股間を離れた。

そして添い寝し、美穂の手をペニスに導くと、彼女も生温かく汗ばんだ手のひらに幹を包み込み、探るようにニギニギと愛撫してくれた。

「入れる前に唾で濡らして……」

言いながら美穂の顔を股間へ押しやると、彼女も素直に移動していった。

弘志も仰向けになって大股開きになると、美穂は真ん中に腹這い、股間に顔を寄せた。

彼女はそっと幹をいじりながら、好奇心いっぱいの熱い視線を注ぎ、張り詰めた亀頭や陰嚢にも触れ、袋をつまんで肛門の方まで覗き込んだ。

弘志は、無垢な視線と熱い息を股間に感じ、勃起した幹をヒクヒク震わせた。

美穂は観察を終えると、身を乗り出して裏筋に舌を這わせ、ゆっくり舐め上げてきた。

先端まで来ると、粘液が滲んでいる尿道口も厭わずチロチロと無邪気に舐め回し、丸く開いた口でスッポリと呑み込んでくれた。

「ああ、気持ちいい……」

弘志は快感に喘ぎ、美少女の口の中で自身を震わせ、彼女も幹を締め付けて吸いながらクチュクチュと舌をからめてくれた。

たちまちペニス全体は、処女の清らかな唾液に生温かくまみれた。

このまま、無垢な口に射精したい衝動に駆られるが、やはり挿入が優先だろう。

「いいよ、また下になって」

充分に高まった彼が言うと、美穂はチュパッと軽やかな音を立てて口を離すと、頰を上気させながら再び横になってきた。

弘志は入れ替わりに身を起こすと、仰向けになった彼女の股を開き、股間を迫らせていった。

幹に指を添え、唾液に濡れた先端を愛液にまみれている割れ目に擦りつけながら、位置を定めた。

美穂も息を弾ませながら、すっかり覚悟して身を投げ出している。

「じゃ入れるね」

弘志は言い、股間を進めていった。

張り詰めた亀頭が膣口に潜り込むと、処女膜が丸く押し広がる感触がして、

「あう……!」

美穂が呻き、微かに眉をひそめてビクリと身を強ばらせた。

れた。

これも羞恥より、マレビトの言いなりになるという掟《おきて》に従っているのだろう。

健康的な脚がM字になると内腿がムッチリと張り詰め、彼は下から腰を抱き寄せて股間に鼻と口を押し付けた。

もう恥毛に籠もっていた濃厚な匂いは薄れてしまったが、舐めると新たな蜜が湧き出して、すぐにも舌の動きがヌラヌラと滑らかになってきた。

「あう……、本当に出していいんですか……」

刺激に呻きながら彼女が言い、返事の代わりに彼は舌を蠢かせた。すると、たちまち奥の柔肉が迫《せ》り出すように盛り上がり、温もりと味わいが変わってきた。

「で、出ます……」

美穂が息を震わせて言うなり、チョロチョロと控えめな流れが彼の口に注がれてきた。

仰向けだが、絶大な力を宿しているから噎せることもなく、弘志は味わいながら喉を潤すことが出来た。

「アア……」

美穂が喘ぎながら、否応なく勢いを増して放尿した。

味も匂いも淡く上品なものだが、量が多くなると口から溢れた分が温かく頬を伝って耳に入り込んだ。

それでもピークを越えると急に勢いが衰え、間もなく流れは治まってしまった。

弘志は残り香の中で余りの雫をすすり、さらなるパワーを吸収した。

舌を這わせると愛液の味わいが濃くなり、

「も、もう出ません……」

美穂が言って股間を引き離してしまった。

ようやく彼も身を起こし、もう一度二人で身体を流すと、立ち上がって身体を拭いた。

全裸のままマレビトの部屋に戻って添い寝すると、彼は美少女に腕枕してもらい、指で愛撫してもらった。

「上からキスして……」

言うと美穂も素直に唇を重ね、舌をからめながらニギニギとペニスを刺激してくれた。

「唾を垂らして、いっぱい」

せがむと、美穂も懸命に唾液を分泌させ、口移しにトロトロと注ぎ込んでくれた。

弘志は美少女の清らかな唾液で喉を潤し、さらに彼女の口に鼻を押し込み、甘酸っぱい息を心ゆくまで嗅ぎながら、指の愛撫に高まってきた。

「ね、お口でして……」

絶頂を迫らせながら言うと、美穂もすぐ顔を移動させてくれた。

やはり処女を失ったばかりだから、立て続けの挿入は酷だろう。

嫌かも知れないが、二回目は口に出してしまいたかった。

「嫌でなければ、ここも舐められる？」

弘志が自ら両脚を浮かせて言うと、美穂は拒まずに舌を這わせ、チロチロと肛門を舐め回した。そして自分がされたように、ヌルッと潜り込ませてくれたのだ。

「あう、気持ちいい……」

弘志は、申し訳ないような快感に呻き、美少女の舌をモグモグと肛門で締め付けた。

美穂も、熱い鼻息で陰嚢をくすぐりながら、内部で舌を蠢かせてくれた。

やがて脚を下ろし、

「タマタマも舐めて」

言うと、美穂も舌を移動させ、鼻先にある陰嚢にしゃぶり付いて、二つの睾丸を転がしてくれた。

熱い息が股間に籠もり、せがむように幹を震わせると、美穂も自分から前進して先端をチロチロと舐め回し、スッポリと呑み込んでいった。

温かく濡れた美少女の口の中で幹がヒクヒクと震え、

「ンン……」

美穂は熱く呻きながら、クチュクチュと念入りに舌をからめてくれた。

弘志が小刻みにズンズンと股間を突き上げると、美穂も合わせて顔を上下させ、清らかな唾液に濡れた口でスポスポとリズミカルに摩擦してくれたのだ。

もう我慢できず、たちまち弘志は二度目の絶頂を迎えてしまった。

「い、いく……、飲んで……」

大きな快感に貫かれながら口走ると同時に、彼はありったけの熱いザーメンをドクンドクンと勢いよく美穂の口の中にほとばしらせた。

「ク……」

喉の奥を直撃され、彼女は小さく呻いたが口は離さなかった。

弘志は、神聖な美少女の口を汚す快感に身悶えながら、心置きなく最後の一滴まで出し尽くしていったのだった。

4

「ああ……、気持ち良かった……」

弘志は心から声を洩らし、満足しながらグッタリと身を投げ出していった。

美穂も、全て口に受け止めるとようやく動きを止め、亀頭を含んだままゴクリと飲み干してくれた。

「あう……」

嚥下と同時に口腔がキュッと締まり、彼は駄目押しの快感に呻いて幹を震わせた。

美穂も口を離すと、なおも幹をニギニギし、尿道口から滲む余りの雫までチロチロと丁寧に舐め取ってくれたのだ。

「く……、もういい、有難う……」

弘志は過敏に腰をよじりながら、降参するように言った。

やっと美穂も舌を引っ込め、チロリと舌なめずりしてから移動し、添い寝してきた。

彼は荒い呼吸を繰り返し、美少女の温もりに包まれながら、うっとりと余韻に浸り込んでいった。

「気持ち悪くなかった？」

囁くと、美穂もピッタリと身を寄せながら小さく頷いた。

弘志は、これで用を済ませたから帰った方が良いだろうと思った。

明日は月曜だから出勤もあるし、早朝に戻るのも面倒である。しかし今夜はせっかく美穂と二人きりだし、彼女も甘えるようにしがみついて離さない。

すると、その時ラインの着信音がした。

弘志は手を伸ばし、脱いだ服からスマホを取り出して見ると、何と美百合からだった。

今夜、美穂の母親の寿美枝は、美百合のマンションに泊まっているのだ。

「済んだ？　明日は休んでも良いのだけど、用もあるので昼からの出勤でいいわ。彼女と一晩一緒にいてあげて」

美百合からのラインには、そのように書かれていた。

まるで、どこからか二人の行為が済むのを覗き見ていたようなタイミングである。

半日休めるなら有難い。弘志はすぐに、

「有難うございます。では明日の昼に出勤しますので」

と返信しておいた。そしてスマホを置いたついでに薄掛けを引き寄せ、体に掛けて美穂と身を寄せ合って寝ることにした。

「じゃ、朝までこうしていようね」

「ええ……」

囁くと、美穂も安心したように答えて目を閉じた。

すでに、彼女の体内には自分の胤《たね》が宿っているのだろうか。そう思うと、幸運ばかりでなく重い責任も感じられた。

そして弘志は心地よい余韻の中、美少女の温もりを感じながら睡りに落ちていった。

翌朝、まだ暗いうちに彼が目を覚ますと、隣では美穂が軽やかな寝息を立てている。

弘志は朝立ちの勢いも手伝い、激しく欲情してきた。

何しろ半日休みなのだから、もう一回する余裕は充分にある。

するとと彼の気配に、美穂も目を覚ました。

「おはよう、またしてもいい？」

勃起しながら囁くと、

「ええ、すぐ入れてみたいわ……」

一夜にして成長したように、美穂が可憐な声で答えた。

そっと割れ目を探ると、そこはすぐにも指が滑るほどヌラヌラと濡れてきた。

「すごい……」

「すぐ入れて……」

「じゃ、今度は跨いで上になって」

弘志が答えて仰向けになると、美穂も薄掛けを剝いで身を起こし、互いの愛撫もなしに跨がってきた。

先端に割れ目を擦りつけてヌメリを与えると、美穂は自分から位置を定めて腰を沈み込ませてきた。

たちまち、目覚めたばかりの彼自身は、ヌルヌルッと滑らかに根元まで呑み込まれ、彼女もピッタリと股間を密着させた。

「アア……、いい気持ち……」

美穂が顔を仰け反らせて喘ぎ、すぐにも身を重ねてきた。彼も両手で抱き留め、僅かに両膝を立てて美少女の尻を支えた。

もう挿入の痛みなど克服し、膣内は味わうような収縮がキュッキュッと繰り返された。

弘志も内部で最大限に膨張し、一晩ぶんの甘ったるい汗の匂いを嗅ぎながら、ズンズンと股間を突き上げはじめた。

「ああッ……！」

「大丈夫？」

熱く喘ぐので訊くと、彼女は答えるように自分からも腰を動かした。

美少女の喘ぐ吐息を嗅ぐと、寝起きで甘酸っぱい果実臭がすっかり濃くなり、悩ましく鼻腔が刺激された。

「しゃぶって……」

顔を抱き寄せ、美穂の口に鼻を押し込んでせがむと、彼女も腰を遣いながらチロチロと舌を這わせてくれた。

膣内の蠢動《しゅんどう》は初回より格段に活発になり、吸い付くような名器になっていた。

やはり美穂は一夜にして、格段に成長しているようだった。

「あう、すぐいく……」

弘志は肉襞の摩擦と締め付け、果実臭の吐息と唾液のヌメリに包まれながら、ひとたまりもなく昇り詰めてしまった。

「き、気持ちいい……！」

朝一番の絶頂に口走りながら、彼はドクドクと激しく射精した。

「あ、熱いわ、すごい……、アアーッ……」

すると噴出を受けた美穂も声を上ずらせ、ガクガクと狂おしいオルガスムスの痙攣を開始したのである。

さらに膣内の蠢きが増し、ザーメンが吸い取られていく感じがした。

「あうう、すごすぎる……」

弘志は、全身まで吸い込まれそうな感覚の中で呻き、最後の一滴まで出し尽くしてしまった。

すっかり満足しながら徐々に突き上げを弱めていくと、

「アア……」

美穂も力尽きたように声を洩らし、グッタリともたれかかってきた。

まだ膣内が息づき、刺激された幹が内部でヒクヒクと過敏に跳ね上がった。

「も、もうダメ……」

美穂も敏感になっているように言い、弘志は美少女の濃厚な吐息を嗅ぎながら、うっとりと快感の余韻を味わったのだった。

やはりエイリアンの血を引く美穂は、処女を失った途端、他の誰よりも女として完璧になってゆき、寿美枝や美百合以上の美女に成長していくのかも知れない。

さすがの弘志も精根尽き果て、しばらくは動けないほどであった。

5

「じゃ、車で送っていくわね」

寿美枝が言い、朝食を終えた弘志と美穂は立ち上がった。

あれから二人で風呂に入り、身繕いをしたところで実にタイミング良く寿美枝が帰宅したのである。

そして手際よく朝食を仕度してくれ、弘志は深い関係になった母娘と少々気恥ずかしい思いで食事を終えたのだった。

やがて三人で屋敷を出て車に乗り込んでスタートすると、先に弘志は最寄り駅前で降ろしてもらった。昨夜のことを寿美枝にあれこれ訊かれるのも決まり悪かったので、先に降りられたのは正解であった。

美穂は、このまま短大まで送ってもらうらしい。

弘志は妖しくも心地よい一夜を終え、アパートへ帰る前に家電や家具を見て回った。

そしてダブルベッドに応接セット、テーブルや電子レンジ、大型テレビや大型冷凍冷蔵庫、全自動洗濯機などを注文し、次の休みである土曜にマンションに運んでもらうよう注文した。

これで、長かったアパート暮らしもあと僅かである。今まで使っていた小型冷蔵庫や洗濯機などは、全て古いので処分してもらうことにする。

あとは、すっかり身が引き締まってゆるくなった服やズボンなどを、追い追い揃えていけば良いだろう。

アパートに戻った弘志は、残り少ない冷凍物で昼食を終え、歯磨きとシャワーを済ませるとネクタイを締め、背広を着て出社したのだった。

ちょうど昼休みも終わり、午後の仕事が始まったタイミングでオフィスに入ると、

「昼からの出勤かよ。ずいぶん偉く……」

嫌味を言おうとした課長の根津雄太が、一変している弘志を見て絶句した。

それは他のＯＬたちも同じで、一様に驚きの眼差しを彼に向けていた。

そう、薄かった頭髪は甦り、全身も引き締まって、とても五十歳には見えず、一回りばかり若返っているのである。

まして雄太は、金曜の夜に酔って弘志にからみ、池へ投げ込まれているから、なおさら恨みも募っていたのだろうが、

「本当に偉くなったのよ」

と、そこへ入ってきた部長の天堂美百合が言った。

たちまち雄太が緊張して背筋を伸ばすと、美百合は弘志に名刺ケースを渡した。

「平山さん、これ新しい名刺よ」

言われて弘志が名刺を見ると、何と部長の肩書きになっているではないか。

「ぶ、部長ですって……？」

「ええ、母が引退して、私が今日から代表取締役になったから、あなたが後任」

美百合が言うと、弘志以上に課長の雄太が目を丸くした。

「そ、そんな、俺の、いえ私の上司になるんですか。今までヒラだった男が一足

飛びでは順番が」

「実力はあなた以上にあるし、平山さんの方が古くからいる年上なのだから問題ないでしょう。それとも重役の決定に不服が？」

「い、いえ……」

言われて、雄太が青ざめながら不承不承口を閉ざした。

「さあ、新部長の平山さんは今日から私のデスクへ」

美百合が言い、弘志がその机へ行くとＯＬ一同から拍手が湧き起こった。

やはり誰もが雄太を嫌っていたし、見違えるようになった弘志を応援する気持ちになったのだろう。

もちろん拍手する中には、土曜に懇ろになった鈴江もいて、熱っぽい眼差しで弘志を見つめていた。

「よろしくお願いします」

弘志が一同に挨拶をすると、

「じゃ早速だけど社長室へ来て」

美百合に言われ、すぐに彼は一同の熱い視線を背に受けながらオフィスを出た。

最上階の社長室に行くと、すでに先代の荷物は取り払われ、大きなデスクは美百合のものになっていた。

恐らく土日のうちに、心機一転する準備を全て整えていたのだろう。

秘書などはおらず、美百合はドアを内側からロックすると、隣の部屋に彼を招いた。そちらは応接室で、豪華なソファが据えられている。

「寿美枝さんから連絡があったわ。母親でも驚くほど、一夜にして美穂ちゃんは輝きはじめているって」

「そうですか……」

言われて、弘志は答えた。美穂の急激な成長は、かつてエイリアンに改造を施された弘志のザーメンを吸収したためだろう。

恐らく朝、弘志が車から降りたあと、母娘で色々と話し、美穂が短大前で降りてから、寿美枝は美百合に報告したようだ。

「美穂ちゃんもそうだけど、あなたも輝くようだわ」

美百合が熱い眼差しを向けて言った。

「で、でも、急に変身したようで、社の人たちも変に思っているのでは」

「それは大丈夫。あなたの発するパワーで、誰も不審に思わず、単にダイエットの効果が出たぐらいに納得しているから」

美百合が言う。してみれば、誰もが弘志を本人として、ごく自然に受け止めているようだった。

「全部脱いで体を見せて。ここには誰も来ないから」

美百合が言い、弘志も妖しい期待にムクムクと勃起してきた。

上着を脱いでネクタイを外し、ズボンとシャツを脱ぐと、美百合も手早くスーツを脱ぎはじめたのだ。

新社長になったメガネ美女が、甘い匂いを揺らめかせ、見る見る熟れ肌を露《あら》わにしていくと、弘志もここが社内ということも忘れて興奮を高めた。

オフィスでは、まさか新社長と新部長が上の階で全裸になっているなど夢にも思わないだろう。おそらくOLたちは、見違えた弘志の話題で持ちきりで、雄太の苦々しい顔も浮かぶようだった。

彼は靴下とトランクスまで脱ぎ去り、全裸でソファに横たわった。

美百合も一糸まとわぬ姿になり、そっと彼の肢体を見下ろしてきた。

「すごいわ。完璧に引き締まってる。私と寿美枝さんと、そして美穂ちゃんの秘めた力をいっぱい吸収したのね」

美百合が言いながら、そっと彼の胸から腹筋まで撫で回してきた。

6

「朝、広田鈴江から報告を受けたわ。おととい、あおり運転をされて困っているところを助けられたって。車を持ち上げるほどの力に驚いていたけれど」

「そうですか……」

「彼女ともしたのね。これからも、どんどん多くの女を攻略するといいわ」

美百合が言い、ピンピンに勃起しているペニスに触れてきた。

「それで、どうなるんですか。多くの女性が孕んで僕の血筋が増え、地球征服でもするのが目的ですか……？」

「ええ、そして美穂ちゃんの生んだ子が救世主になるのよ」

弘志が訊くと美百合が答え、しなやかな指先でニギニギとペニスを愛撫した。

「ああ……」

その快感に、彼は喘ぎながら次第に何も考えられなくなってしまった。

すると美百合も会話を止め、弘志の片方の脚を浮かせてソファの背もたれに乗せ、開いた股間に顔を寄せてきた。

メガネの硬いフレームが尻に触れ、彼女は舌を這わせて肛門を舐め回し、ヌルッと潜り込ませた。

「あう」

弘志は唐突な快感に呻き、モグモグと超美女の舌先を肛門で締め付けた。

美百合は熱い息を股間に籠もらせて舌を蠢かせ、やがて舌を引き抜いて陰嚢を舐め回した。二つの睾丸を転がし、袋を生温かな唾液にまみれさせると、そのまま肉棒の裏側を舐め上げ、粘液の滲みはじめた尿道口をチロチロとくすぐった。

「これが、美穂ちゃんの処女を奪ったのね。最高の感触だったでしょう」

「ええ……」

美百合は言いながらおしゃぶりを続け、彼も答えたものの今は美穂のことより、目の前にいる美百合に専念していた。

美百合は充分に張り詰めた亀頭を唾液に濡らすと、丸く開いた口でスッポリと呑み込んでいった。

根元まで含まれ、弘志自身は美女の濡れた口の中でヒクヒクと快感に震えた。

すると彼女が吸い付きながら舌をからめ、いきなりキュッと歯を立ててきたのである。

「あう！」

「痛い？」

「い、いえ、驚いたけど、そんなに痛くないです……」

口を離した美百合が訊き、彼は戸惑いながらも答えた。確かに、男として最も嚙まれたくない場所なのに、心地よい刺激が伝わってきたのである。

「そう、パワーが増しているんだわ。おそらく、どんな格闘家に急所を攻撃されても倒れないかも」

美百合が言い、小刻みに張り詰めた亀頭を嚙んだ。

「あうう、新鮮な刺激だけど、やっぱり慣れないので舌だけの方が……」

彼が言うと、美百合は口を離して顔を上げた。どうやら、彼の力を試すためのおしゃぶりだったようだ。

もちろん歯の刺激を受けても、一向に勃起は治まらなかった。

「どうか、跨いで……」

弘志は言い、彼女の手を引いて下腹に跨がらせた。そして脚を伸ばさせ、両足の裏を顔に乗せてもらった。

美女の全体重を受けても一向に苦痛ではなく、彼は下腹に密着する割れ目が濡れているのを感じながら、足裏に舌を這わせた。

「アア……」

美百合は喘ぎながら、遠慮なく彼の腹に座り、立てた両膝に寄りかかりながら足裏でグリグリと彼の顔を踏んでくれた。

弘志は形良く揃った美百合の足指に鼻を割り込ませ、蒸れた匂いを貪ってから爪先にしゃぶり付いた。

指の股は汗と脂に生ぬるく湿り、彼は両足とも念入りに味と匂いを堪能した。

そして美百合の手を引くと、彼女も心得て腰を浮かせ、前進して顔にしゃがみ込んでくれた。

和式トイレスタイルで脚がM字になると、白い内腿がムッチリと張り詰めて量感を増し、濡れはじめている割れ目が悩ましく蒸れた匂いを含んで鼻先に迫った。

腰を抱き寄せて茂みに鼻を擦りつけると、隅々に籠もった汗とオシッコの匂いが濃厚に鼻腔を刺激し、彼は胸を満たしながら舌を這わせていった。

淡い酸味のヌメリに満ちた柔肉を掻き回し、膣口を探ってからクリトリスまで舐め上げていくと、

「アァッ……、いい……」

美百合が熱く喘ぎ、遠慮なくギュッと彼の顔に座り込んできたが、彼は全く息苦しくなかった。

何やらこのまま超人になり、水中も自在に動け、そのうち銃弾まで避けられるようになるのではないかと思った。

匂いに噎せ返りながらクリトリスに吸い付き、舌を這わせていると、

「もういいわ……」

すっかり準備が整ったように、美百合が言って腰を浮かせた。

そのまま移動して彼の股間に跨がり、先端に割れ目を押し当ててゆっくり腰を沈み込ませていった。

たちまち彼自身は、ヌルヌルッと滑らかに根元まで呑み込まれ、ピッタリと股間が密着した。

「アアッ……！」

美百合が顔を仰け反らせて喘ぎ、味わうようにキュッキュッと締め上げてきた。

弘志も温もりと感触を嚙み締めながら、両手を伸ばして美百合を抱き寄せた。

膝を立てて豊満な尻を支え、潜り込むようにして乳首に吸い付くと、顔中に柔

らかな巨乳が覆いかぶさった。

乳首を舌で転がし、隙間から呼吸するたび甘ったるく上品な体臭が、生ぬるく鼻腔を掻き回してきた。

左右の乳首を順々に含んで舐め、腋の下にも鼻を埋め込み、濃厚な汗の匂いで鼻腔を満たすと、

「つ、突いて……」

美百合が言い、待ち切れなくなったように自ら腰を動かしはじめた。

彼も下から両手でしがみつきながら、ズンズンと股間を突き上げはじめ、何とも心地よい肉襞の摩擦と締め付けを味わった。

そして唇を重ねて舌をからめ、生温かな唾液をすすると、

「ああ、いきそう……」

美百合が口を離し、淫らに唾液の糸を引きながら熱く喘いだ。たちまち膣内の収縮が高まり、彼女がガクガクと痙攣しはじめた。

7

「いく……、アアーッ……！」

美百合が声を上ずらせ、激しいオルガスムスに達していった。

その収縮に巻き込まれ、弘志も彼女の熱く湿り気あるシナモン臭の吐息を嗅ぎながら絶頂に達してしまった。

「く……！」

彼は快感に呻き、ありったけの熱いザーメンをドクンドクンと勢いよく注入した。

「あう、すごい……！」

噴出を感じた美百合が、駄目押しの快感に呻いてキュッと締め上げた。

やはり弘志も、美穂のパワーを吸収しているので、ほとばしるザーメンもひと味違うのだろう。

まさか社内で濃厚なセックスをするなど、今までも夢にも思っていなかったから、彼の快感は絶大だった。

弘志は美百合の喘ぐ口に鼻を押し込み、濃厚な吐息を胸いっぱいに嗅ぎながら快感を嚙み締め、心置きなく最後の一滴まで膣内に出し尽くしていった。

やがて満足しながら、徐々に突き上げを弱めていくと、

「ああ……」

美百合も満足げに声を洩らし、いつしか肌の強ばりを解いて力を抜くと、グッタリと体重を預けてきた。

彼は息づく膣内の収縮に刺激され、ヒクヒクと過敏に幹を跳ね上げ、美女の吐息を嗅ぎながら、うっとりと快感の余韻を味わったのだった。

「良かったわ。今までで一番……」

美百合が、メガネが曇るほど荒い息遣いを繰り返して囁いた。

やがて呼吸を整え、互いに充分に余韻を味わうと、美百合がそろそろと身を起こした。

テーブルの下にあるティッシュを手にして股間を引き離し、手早く割れ目を拭いながら顔を移動させ、愛液とザーメンにまみれているペニスにしゃぶり付いてくれたのだ。

「あう……」

弘志は刺激に呻いたが、やはりパワーが増しているのか、それほど刺激がうるさくなく従容とお掃除フェラを受けた。

美百合も、パワーを秘めた体液を貪るように舐め取って綺麗にすると、最後にティッシュで包み込み、唾液のヌメリを拭い取ってくれた。

「さあ、着替えたらお仕事の話をするわね」

ソファを降りた美百合が言うので、彼も起き上がって身繕いしながら、やはりセックスだけが目的ではなく、ちゃんと仕事があったのだと、あらためてここが社内であることを思い出したのだった。

服を着ると、二人は応接室を出て社長室に戻った。

「そうだ。今度の土曜に引越しします」

弘志は思い出し、マンションの新住所をメモして渡した。

「そうね。もう部長なのだから、いつまでもアパートにいるのも変だわ」

美百合がメモを受け取って言うと、封筒から資料を出して彼に見せた。

それには、いま売り出し中のアイドル二人組の写真があった。

「これは」

「ええ、十八歳のアイドル、あやかシスターズよ。知ってるでしょう？　亜矢《あや》と賀矢《かや》のコンビ」

「ええ」

弘志は、愛くるしい二人の写真を見て頷いた。亜矢はぽっちゃり型、賀矢は細面で、昔なら狸派と狐派、今なら犬派と猫派というところか。

確かに、亜矢は従順そうで、賀矢は我儘《わがまま》風のキャラわけが出来ている。

しかもあやかしだから、西洋妖怪風の妖しげなコスチュームだった。

「この子たちで、テンドのＣＭを作ることになったので、制作担当になってほしいの」

「そ、そうですか。いよいよ我が社もテレビＣＭを」

「ええ、広田鈴江を補佐に付けるから、明日にでも一緒に芸能事務所へ行って」

「分かりました」

答えた弘志は、芸能人に会えることに胸が弾んだ。

「そして撮影を終えたら、必ず二人を抱いてパワーを注入してね」

「え……」

「今のあなたなら、落ちない女はいないわ」

「わ、分かりました。やってみますね」

弘志は、さらなる期待を抱いて答えた。

当社のCMに出た彼女たちが、さらにパワーを身に付けて有名になれば、社の利益にもなるだろう。

「じゃこれ、広田鈴江にも見せて明日の打ち合わせをするわ。もうアポは取ってあるし、段取りも全て決まっているので、すぐ撮影に入るので」

言うと美百合は、社内電話をかけて鈴江を呼び出した。

そして弘志が渡された資料を持って応接室に戻ると、間もなく鈴江が恐る恐るやって来た。まだ新人だから社長室など初めてで、緊張しているのだろう。

やがて三人で、応接室のソファに掛けた。

まだ情事の匂いが残っていないか心配だったが、緊張している鈴江はそれどころではないだろう。

まして、たった今ここで美百合と弘志がセックスしたなど、鈴江でなくても想像するような社員はいない。

「このアイドルのCMプロジェクト、平山部長と一緒にやってほしいの」

「私が、CMのお仕事を……」

美百合に言われ、鈴江も驚きながら二人組の写真を見て目を輝かせた。当然、鈴江もこのユニットは知っているのだろう。

「明日、部長と一緒に行って撮影に立ち会うだけよ。お願いするわね」

「はい、分かりました」

鈴江も大きな仕事に頬を紅潮させ、歯切れ良く答えた。

やがて彼は鈴江と、明日駅で待ち合わせる時間を決めると、二人で社長室を辞した。

そしてオフィスに戻ると、周囲のOLたちが好奇心いっぱいに、社長室に呼ばれた鈴江に話を訊いてきた。

「まあ、あやかシスターズのCMを?」

鈴江の話を聞くと、OLたちは歓声を上げた。美百合から、もう決定事項なので公言して構わないと言われていたのである。

弘志は部長のデスクに戻り、苦々しい顔をしている雄太をよそ目に、部長としての仕事に目を通した。

すると頭脳の方も十倍になっていて、社の仕組みから利益の流れなどが一瞬で頭に入ったのである。

(さあ、部長として頑張らないと)

弘志は思い、明日への期待に胸と股間を脹らませたのだった。

第四章　アイドル炎情

1

「じゃ行こうか、そう緊張しないでね」

朝、最寄り駅で待ち合わせると、時間前に鈴江が来たので弘志は言い、一緒にタクシーに乗った。

今日は二人とも出社せず、仕事の終了次第直帰ということになっている。

あやかシスターズという有名な二人組ユニットのＣＭ撮影で、相当に鈴江は緊張しているようだ。

新人ＯＬの二十三歳とはいえ、アイドルに会えるので少女のように浮かれる気

以前の弘志なら、彼女たちの飲んだペットボトルがほしいとか、そんなことを思っただろうが、今日二人を抱けると思うと、早く触れたい気持ちでいっぱいになった。

昼近くに合成作業が終わり、弘志も確認して出来映えに満足した。

そして昼食。二人はマネージャーと控え室に入り、弘志と鈴江はスタジオの隅のテーブルでスタ弁を食べた。

もう心配することもなく、鈴江も旺盛な食欲を見せて焼き肉弁当を空にしていた。

「なかなか大変な仕事ですね」

「うん、一番大変なのは準備するスタッフだね。二人はむしろ待つのに疲れるかも」

二人は話しながら、自社のCM完成を楽しみにした。

やがて午後の撮影は、実際にテンドの商品を二人が手にし、社名を言うシーンだった。

今度のバックは一色で、NGもなく順調に終えることが出来た。

そして休憩に入り、スタッフが前半部分との画像を繋《つな》げ、二時過ぎにはCMが完成したのだった。

一同で動画を確認すると、実に可憐な二人が草原のブランコに揺られ、商品と社名を言ってロゴと音楽も合成され、手際よく完成したのである。

「いいね、これで大丈夫ですか」

「ええ、すごく良いです」

弘志はディレクターに答え、二時過ぎには全てが終了したのだった。

スタッフが片付けに入ったので、

「じゃ社長には僕から報告するので、君は今日は帰っていいよ」

「分かりました。ではまた明日。お疲れ様でした」

弘志が言うと鈴江も答え、シスターズにサインを求めるようなミーハーなこともせず帰っていった。

「じゃ僕たちはホテルへ戻りますが、平山さんはどうなさいますか」

やがて帰り支度をしたマネージャーが言った。シスターズも、私服に着替えて出て来たところである。

ゴスロリ衣装から清楚な洋服姿になっても、やはり二人からはスターらしいオーラが漂っていた。

「ええ、社から言われているので、良ければ二人を夕食にでも誘いたいのですが」

「わあ、嬉しい」

弘志が言うと、二人も歓声を上げた。どうやら今日はもう仕事もないらしい。

「じゃご一緒に乗って下さい」

マネージャーが言い、弘志は助手席に、二人は後部シートに座った。

すでに鈴江は自分でタクシーを呼んで帰っている。あとで夕食のことを聞いたら羨ましがることだろう。

やがて、二人が今日一泊するホテル前に着き、三人が車を降りると、マネージャーはそのまま車で次の仕事に出向いていった。

これで明朝の迎えまで、二人はオフということらしい。

「まだ夕食には早いね」

「私たちのお部屋に来て下さい」

彼が言うと、二人も笑顔で誘ってくれた。

もちろん弘志は、強い淫気を二人に放っている。

広いツインの部屋に入ると、妖しい期待と興奮に、弘志の股間は痛いほど突っ張りはじめていた。

「部長さんはカッコいいけど、奥さんは綺麗な人なんでしょう？　お子さんは何人いるんですか？」

愛くるしい亜矢が無邪気に訊いてきた。

「いや、僕はまだ独身なんだよ。もう五十になるんだけど」

「わあ、四十前に見えますよ。何か若い秘訣があるんですか」

「テンドの健康食品だよ」

「じゃ部長さんがＣＭに出た方が良かったんじゃないですか」

賀矢も笑って言う。

たちまち室内には、二人分の思春期の匂いが混じり合い、悩ましく立ち籠めはじめた。

2

「君たちは、もちろん彼氏はいないことになっているんだよね？」

弘志が訊くと、

「本当にいないんです」

二人は双子のように声を合わせて答えた。

「もちろん前はいました。二人とも高校時代に初体験は済ませて、今は別れています」

亜矢が言い、賀矢も頷いた。

「そう、でもカッコいい芸能人とかに誘われるだろう」

「いいえ、私たちアイドルの男は好きじゃなく、部長さんみたいに渋い大人が好きです」

「部長というのは止《よ》そうよ」

「じゃおじさま」

言われて、突っ張ったペニスがピクンと震えた。

さらに強い淫気を放つと、二人も頬を上気させ、スイッチが入ったようだった。

「ね、夜まで三人で遊んでみたいんです」

「いいけど、どんなふうに？」

「おじさま、全部脱いで横になって下さい」

亜矢が言うと、賀矢と一緒に手早くブラウスを脱ぎはじめたではないか。

もう大丈夫だろう。弘志も胸を高鳴らせながら、脱ぎはじめていった。

二人がためらいなく最後の一枚を脱ぎ去ったので、弘志も全て脱いでベッドに仰向けになった。

「すごおい、引き締まってますね」

「それに、ピンピンに勃ってる」

一糸まとわぬ姿になった二人が、遠慮無く彼の全身を見回し、左右から挟んできた。

「じゃ私たちの好きにさせて下さいね」

亜矢が言うなり屈み込み、彼の右の乳首にチュッと吸い付いてきた。すると同時に、賀矢も左の乳首に唇を押し当て、二人で彼の肌を熱い息でくすぐってきたのである。

「あう……」

弘志は唐突な快感に呻き、まずされるままに身を投げ出した。

左右の乳首がチロチロと同時に舐められ、たまにキュッと歯が立てられた。

二人とも嚙むのが好きなのかも知れない。

あるいは仲良しの二人は、どこかレズっぽい雰囲気を持ち、二人で一人の男を貪ることを、日頃から話し合っていたのではないだろうか。

そういえば二人の、出たばかりのデビュー曲も、可愛い男の子を二人で食べてあげる、とかいうフェチックでマニアックな歌詞だったのだ。

最近ではネットでも、男が縮小して女の子に食べられたいというマニアが増えているらしい。

どうせモテないのだから、最初から恋人は諦めて、せめて可愛い子の食材になりたいという、変わった童貞が増えているようだ。

そして二人もゴスロリスタイルで、妖しく美しい人食い妖怪というキャラを作り上げているのだ。

人食いは、吸血鬼よりもさらにエロでマニアックで、シャイな童貞たちの心を摑んでしまったらしい。

それならテンドも、小さな男の子の形をしたゼリーでも発売して、多くの女の子に食べてもらうのも良いかも知れない。

そんなことを思いながら、

「も、もっと強く……」

弘志は勃起したペニスをヒクつかせながら、さらなる刺激をせがんだ。

すると二人も熱い息を弾ませ、コリコリと前歯で強く左右の乳首を嚙んでくれた。

さらに二人は両の脇腹に這い下り、舌を這わせながらキュッと歯並びを食い込ませてくれた。

「あう、気持ちいい……」

甘美な刺激に、弘志は本当に二人の美少女に全身を少しずつ食べられていくような快感に包まれた。

そして二人は彼の臍を交互に舌で探り、下腹から腰、脚を舐め下りていったのだ。

股間を後回しにするのは、日頃から彼がしている愛撫の順番である。彼の無意識の願いに操られているのか、あるいは二人も最初から、美味しいところは最後に取っておこうとしているのかも知れない。

毛脛を舐め下りて足裏に回り込むと、二人は彼の足の裏をチロチロと舐め、ほぼ同時に爪先にしゃぶり付いてきたのである。

しかも指の股にも、厭わず順々にヌルッと舌を割り込ませてきたのだ。

「く……、いいよ、そんなことしなくて……」

弘志は、生温かく清らかなヌカルミに両足を突っ込んだような、申し訳ないような快感に呻いた。

しかし二人は夢中で、全ての指の股をしゃぶった。好きに食べているのだから、余計なこと言わないで、とでもいった感じである。

足指を舐め尽くすと、二人は弘志を大股開きにさせて、左右の脚の内側を舐め上げてきた。そして頰を寄せ合って内腿を舐め、そこにもキュッと歯を立ててきた。

「あう……」

股間に混じり合った熱い息を受けながら、彼はクネクネと悶えて呻いた。

すると、二人は彼の両脚を浮かせ、左右の尻の丸みにも舌を這わせ、食いついてきた。

「アア……」

弘志は甘美な刺激に喘いだ。

男の尻でも、相当に感じるし、美少女たちの歯が心地よかった。

そして先に亜矢がチロチロと肛門を舐め、ヌルッと潜り込ませてきたのだ。

「く……！」

彼は呻き、キュッと肛門で舌先を締め付けた。もちろん今日は出がけにシャワーは浴びてきたし、絶大なパワーがあるから、二人が加齢臭を嫌がるということもない。

亜矢が舌を蠢かせて口を離すと、すかさず賀矢も舌を這わせ、潜り込ませてきた。

立て続けだから、二人の温もりや感触の微妙な違いも分かり、そのどちらにも彼は激しく高まった。

賀矢の舌が内部で蠢くたび、内側から刺激されるように勃起したペニスがヒクヒクと上下に震えた。

ようやく脚が下ろされると、二人はまた頬を寄せ合って陰嚢にしゃぶり付いてきた。

それぞれの睾丸を舌で転がし、袋全体をミックス唾液で生温かくまみれさせると、いよいよ二人は一緒になって、ゴールのポールに顔を寄せてきたのだった。

3

「アア、気持ちいい……」

二人の舌が滑らかに、ペニスの裏側と側面を舐め上げてくると、弘志は腰をくねらせて喘いだ。

亜矢と賀矢の舌が先端まで来ると、二人は粘液の滲む尿道口を交互にチロチロと舐め、張り詰めた亀頭にも一緒に舌を這い回らせてきた。

さらに二人は順番に、丸く開いた口でスッポリと喉の奥まで呑み込み、内部で舌をからめてから、吸い付きながらチュパッと口を離し、すぐにも交替した。

「ああ……」

何という贅沢な快感だろう。

微妙に異なる温もりと感触で、愛撫が交互に繰り返されるのである。

もう彼は、どちらの口に含まれているかも分からず、激しい快感に喘いだ。

たちまちペニスは二人分の混じり合った唾液に生温かくまみれ、急激に絶頂を迫らせていった。

もちろん二人も、さすがにペニスにだけは歯を当てることをせず、唇と舌で、唾液のヌメリと吸引の愛撫を繰り返してくれた。

そして顔を上下させ、濡れた口でスポスポとリズミカルな摩擦が交互に続いた。

もちろん我慢することはない。一度射精しても、何度でも出来るのだ。

それに二人も、彼が果てるまで愛撫を続けそうな勢いである。

やがて弘志は全身で快感を受け止め、二人の可憐な小娘にしゃぶられながら、激しく昇り詰めてしまった。

「い、いく……！」

身を反らせて口走ると同時に、熱い大量のザーメンがドクンドクンと勢いよくほとばしった。

「ンン……」

ちょうど含んでいた亜矢が、喉の奥を直撃されて呻き、すぐに口を離した。

すかさず賀矢が含み、最後の一滴まで吸い出してくれた。

「アア、すごい……」

弘志はダブルフェラに喘ぎ、身悶えながら出し尽くした。

出なくなると、賀矢が動きを止め、亀頭を含んだまま口に溜まったザーメンを

「バチが当たりそうだわ……」

二人の小悪魔は、遥《はる》か高みで囁き合いながら軽く足裏を蠢かせた。

弘志は二人分の足裏の感触を味わって舌を這わせ、それぞれの指の股にも鼻を割り込ませて嗅いだ。

どちらも汗と脂に生ぬるく湿り、ムレムレの匂いが濃く沁み付いていた。

仕事を終えたばかりの可憐なアイドルの足指が、こんなにも匂うとはファンの誰も知らないだろう。

彼は胸いっぱいに匂いを貪ってから、順々に爪先をしゃぶり、指の股にも舌を割り込ませて味わった。

「あん、くすぐったいわ……」

先に舐められた亜矢が声を震わせたが、自分も弘志にしてやったので拒む様子はなかった。賀矢の爪先も舐め尽くすと、足を交代してもらい、彼はそちらも新鮮な味と匂いを貪りまくったのだった。

「じゃ、跨いで顔にしゃがんで」

弘志が口を離して言うと、先に亜矢が跨がり、和式トイレに座ったようにしゃがみ込んできた。

脚がM字になると、脹ら脛と内腿がムッチリと張り詰め、ぷっくりした割れ目が鼻先に迫ってきた。

「ああ、恥ずかしいわ……」

亜矢が喘ぎ、前にあるヘッドボードを両手で摑んだので、まるでオマルに跨がっているかのようだった。

水着になることもあるのだろう、手入れされているようで恥毛は薄く、ほんのひとつまみほどだった。

割れ目からはみ出したピンクの花びらは、ヌラヌラと蜜を宿して潤い、僅かに開いて膣口で花弁状に入り組む襞と、光沢あるクリトリスが覗いていた。

彼は腰を抱き寄せ、恥毛の丘に鼻を埋めて嗅ぐと、生ぬるく蒸れた汗とオシッコの匂いが濃厚に沁み付き、悩ましく鼻腔を刺激してきた。

やはり仕事から仕事へ移動し、いちいちシャワーを浴びる暇もないから、売れっ子アイドルほど匂いが濃いというのが新鮮な発見であった。

弘志は鼻を擦りつけて匂いを貪り、舌を挿し入れて淡い酸味のヌメリを掻き回し、膣口からクリトリスまで、味わいながらゆっくり舐め上げていったのだった。

4

「アアッ……、いい気持ち……」

チロチロとクリトリスを舐め回すと、亜矢が熱く喘いで、潤いが増してきた。

弘志は味と匂いを堪能してから、尻の真下に潜り込んだ。

白く丸い双丘を顔中で受け止め、谷間の可憐な蕾に鼻を埋めると、そこにも蒸れた匂いが籠もっていた。

彼は嗅ぎまくってから舌を這わせ、細かに息づく襞を濡らすと、ヌルッと潜り込ませて滑らかな粘膜を探った。

「あう」

亜矢が呻き、キュッと肛門で舌先を締め付けてきた。

弘志は舌を蠢かせ、ほんのり甘苦い粘膜を味わってから舌を引き抜いた。

「交替して」

待ち切れないように賀矢が言い、亜矢も素直に股間を引き離してきた。

賀矢もためらいなくしゃがみ込み、熱く濡れた割れ目を迫らせてきた。

生え具合は亜矢と同じようだが、愛液は多くクリトリスも大きめだった。

若草に鼻を埋めると、汗とオシッコの匂いに加え、ほのかなチーズ臭も混じって鼻腔を掻き回し、彼は胸を満たしながら舌を挿し入れていった。

ヌメリをすすり、膣口からクリトリスまで舐め上げていくと、

「ああン、いい気持ち……」

賀矢が喘ぎ、キュッと割れ目を押し付けてきた。

味と匂いを貪り、尻の真下に潜り込むと、ピンクの蕾は僅かにレモンの先のように突き出た感じで、これもファンには想像も付かない艶めかしさだった。

鼻を埋めて蒸れた匂いを嗅ぎ、舌を這わせてヌルッと潜り込ませると、

「く……」

賀矢が肛門を締め付けて呻き、いっぽう亜矢がすっかり回復したペニスにしゃぶり付いてきたのだ。

そして充分に唾液に濡らすと身を起こし、前にいる賀矢の背に摑まりながら跨がると、腰を沈めてヌルヌルッと受け入れていったのである。

「アア、いいわ……！」

亜矢が股間を密着させ、ぺたりと座り込んで喘いだ。

弘志も、賀矢の前と後ろを味わいながら、亜矢の温もりときつい締め付けを心地よく味わった。

亜矢は賀矢の背に身をもたれかけさせ、すぐにも腰を上下させ、

「す、すぐいきそう……」

声を震わせて動きを早め、潤いを増していった。

二人が高校時代に彼氏とどれほど深く付き合ってきたのか知らないが、充分に膣感覚によるオルガスムスを知っているようだ。

ピチャクチャと淫らな摩擦音が響き、溢れた愛液が陰嚢の脇を伝い流れ、彼の肛門の方まで生温かく濡らしてきた。

もちろん今回は弘志も射精を我慢し、賀矢の尻から再び割れ目に戻ってヌメリをすすった。賀矢も、後ろから密着する亜矢の快感が伝わっているように、粗相したように大量の蜜を漏らしていた。

そして弘志もズンズンと股間を突き上げながら、大きめのクリトリスにチュッと吸い付くと、

「あう、いい気持ち……！」

賀矢が呻くと同時に、亜矢の方も腰の動きを激しくさせ、

「いっちゃう、アアーッ……！」

たちまち声を上ずらせ、ガクガクと狂おしいオルガスムスの痙攣を開始してしまったのだった。

収縮の中でも彼は耐え抜き、やがて亜矢が硬直を解いてグッタリとなり、股間を離してゴロリと横になった。

すると賀矢が自分から彼の上を移動して股間に跨がり、湯気が立つほど亜矢の愛液にまみれた先端に割れ目を押し当てた。

位置を定めると一気に根元まで受け入れ、ピッタリと股間を密着させた。

「アア……、すごいわ……」

賀矢もキュッと締め上げながら喘ぎ、すぐにも身を重ねてきた。

弘志は、やはり微妙に異なる温もりと感触を味わいながら下から抱き寄せ、さらに隣で余韻に浸っている亜矢も引き寄せた。

そして潜り込むようにして、二人の桜色の乳首を順々に吸って舌で転がし、顔中で思春期の膨らみを味わった。

二人とも豊かで形良い乳房をして、彼は全ての乳首を味わってから、それぞれの腋の下にも鼻を埋め込んで嗅いだ。

津本 陽

深淵の色は 佐川幸義伝

定価847円（税込）978-4-408-55723-6

大東流合気武術の達人、佐川幸義。門人となった著者が天才武術家の生涯をたどり、師の素顔を通して神業に迫った渾身の遺作。

梓 林太郎

津軽龍飛崎殺人紀行

私立探偵・小仏太郎

定価825円（税込）978-4-408-55721-2

長崎の旅から帰った数日後、男ははるか北の青森・津軽龍飛崎の草むらで死体となって発見された。殺された男の足跡をたどると、消えた女の謎が浮かび——。

南 英男

邪欲

裁き屋稼業

定価858円（税込）978-4-408-55726-7

社会派ライターの真木がリストラ請負人の取材中に殺害された。裁き屋の二人が調査を始めると、事件の背景には巨額詐欺事件に暗躍するテロリストの影が…。

実業之日本社文庫

ます。

©山下以登

蒼山 螢
後宮の宝石案内人

定価759円（税込）978-4-408-55720-5

輝峰国《きほうこく》の皇子・晧月《こうげつ》が父の後宮で出会ったのは、下働きの風変わりな少女・晶華《しょうか》。彼女の宝石への知識と愛は常軌を逸していて……。痛快中華風ファンタジー！

書き下ろし

花房観音
ごりょうの森

定価759円（税込）978-4-408-55725-0

いきなり文庫

平将門、菅原道真、井上内親王など、古くから語り継がれてきた日本の「怨霊」をモチーフに、現代に生きる男女の情愛の行方を艶やかに描く官能短編集。

睦月影郎
母娘と性春

定価770円（税込）978-4-408-55727-4

いきなり文庫

独身の弘志は、上司に誘われて妖艶な母娘が住んでいる屋敷を訪れる。そこには、ある役割のため家の女と交わる風習があった。男のロマン満載、青春官能！

推し本、あ

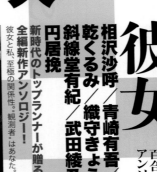

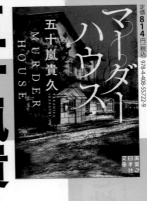

スベスベの腋は、どちらも生ぬるく湿り、濃厚に甘ったるい汗の匂いを籠もらせて彼の鼻腔を掻き回した。

（ああ、若い娘の汗の匂い……）

弘志は思い、賀矢の膣内で歓喜に幹をヒクつかせた。

それぞれの乳房と腋を充分に味わうと、彼は二人の顔を抱き寄せ、唇を重ねていった。

「ンンッ……！」

賀矢が熱く息を弾ませて、チロチロと舌をからめてくれた。

すると息を吹き返した亜矢も割り込み、三人で舌をからめることになった。

混じり合った美少女たちの息が彼の鼻腔を熱く湿らせ、滑らかに蠢く舌と、ミックス唾液を味わった。

そして彼がズンズンと股間を突き上げはじめると、

「ああッ……、いい……」

賀矢が息苦しくなったように口を離し、唾液の糸を引いて喘いだ。

二人の口からは熱く湿り気ある息が吐き出され、弘志は二人分の匂いに酔いしれた。

どちらも基本は甘酸っぱい果実臭だが、それにスタ弁のガーリックとオニオン臭も混じり、悩ましい刺激が鼻腔を満たした。

やはり忙しいので食後の歯磨きはせず、歯のチェックをしただけらしい。

弘志は美少女たちの、ナマの匂いにうっとりとなり、それぞれの喘ぐ口に鼻を押し込んで吐息を貪り嗅いだ。

あの綺麗な歌声が、こんなに濃い匂いだとはファンの誰も知らないだろう。

たちまち絶頂が迫って突き上げを強めていくと、

「い、いく……、アアーッ……！」

先に賀矢がガクガクと痙攣し、声を上げて絶頂に達してしまった。

その収縮の中、続いて彼も昇り詰め、大きな快感の中でありったけのザーメンをドクンドクンと勢いよく注入したのだった。

「あ、熱いわ……」

噴出を感じ、駄目押しの快感を得た賀矢はさらにきつく締め上げて悶えた。

5

「も、もうダメ……」

賀矢が言い、力尽きたようにグッタリともたれかかってきた。

弘志も最後の一滴まで出し尽くして動きを止め、美少女たちの温もりに包まれながらヒクヒクと過敏に幹を震わせた。

そして二人分の熱い吐息を嗅ぎながら、うっとりと快感の余韻に浸り込んだのだった。

これで孕んだら、アイドル人生も残り少なくなってしまうが、それは全て運命だろう。

やがて賀矢が股間を離して添い寝すると、弘志も二人に挟まれて呼吸を整えた。

「すごかったわ……。こんなに大きくいけたの初めて……」

賀矢が朦朧として言い、やがて三人は身を起こしてバスルームに移動した。

シャワーで股間を洗い流すと、彼は洗い場に座り込み、立たせた二人を左右から抱き寄せた。

「どうするんです?」

「肩を跨いで、二人でオシッコしてね」

彼が言うと、二人は拒む素振りも見せず、素直に弘志の肩に跨がり、左右から彼の顔に股間を突き出してくれた。

それぞれの割れ目に鼻を埋めたが、濃かった匂いは薄れてしまった。しかし舐めると二人とも新たな蜜を漏らし、舌の動きがヌラヌラと滑らかになった。

「あう、出ちゃいそう……」

「本当にいいんですね……?」

二人は息を震わせて言い、すっかり尿意が高まったようだ。

舐めると、どちらも柔肉が迫り出すように盛り上がり、温もりと味わいが変化し、ほぼ同時にチョロチョロと熱い流れがほとばしってきた。

弘志は流れを舌に受け、その間はもう一人の流れを肌に浴びながら、すっかりムクムクと回復していった。

「アア、変な気持ち……」

二人はガクガクと膝を震わせて言い、勢いを増して彼に浴びせかけた。

どちらも年中同じものを飲食しているせいか、味と匂いは淡く似かよっているが、二人分となると悩ましく鼻腔が刺激された。

やがてピークを過ぎると勢いが衰え、二人は流れを治めた。

彼はポタポタ滴る雫をすすり、残り香の中で二人の割れ目を舐め回した。

「あん……」

二人はビクリと反応して喘ぎ、たちまち新たな愛液が湧いて、割れ目内部は淡い酸味のヌメリが満ちていった。

ようやく口を離すと、三人でもう一度シャワーを浴びた。

「歯磨きしていいですか」

亜矢が言い、彼が頷くと賀矢が洗面所から二人分の歯ブラシを取り、亜矢にも渡した。

「歯磨き粉を付けないで磨いてね」

弘志が言うと、二人も素直に何も付けずにシャカシャカと歯磨きをした。

やはりハッカの匂いより、自然のままの吐息が良いのである。

さらに彼は、二人の口に溜まった歯垢混じりの唾液もすすってしまった。

やがて二人も口をすすぎ、身体を拭いて全裸のままベッドに戻った。

まだ夕食には少し早いし、彼もすっかり回復している。

「ね、今度は私の中でいってください」

亜矢が言うと、また弘志を仰向けにさせ、二人で顔を寄せ合ってダブルフェラをしてくれた。

もちろん二人の中に射精するのが目的だから、亜矢の要求は願ってもないことだ。

充分に二人の唾液にまみれると、先に賀矢が跨がって交わり、少し動いただけでオルガスムスに達したようだ。

「あう、すごい……！」

まるで絶頂をコントロールしているかのように賀矢がガクガクと痙攣して呻き、すぐにもグッタリともたれかかってきた。

もちろん彼の絶大なパワーが、二人の高まりまで操っているのだろう。

力の抜けた賀矢がゴロリと横になると、亜矢が跨がり、再びヌルヌルッと滑らかに受け入れていった。

「アア、気持ちいいわ……」

亜矢が喘ぎ、さっきは出来なかったので身を重ねてきた。

弘志も抱き留め、両膝を立てて張りのある尻を支えた。

互いにすぐ動きはじめると、何とも心地よい肉襞の摩擦と潤いが彼を高まらせた。

　そして亜矢が上からピッタリと唇を重ねてきたので、もちろん彼は賀矢の顔も引き寄せ、また三人で舌をからめた。

　歯磨きしたので、二人の吐息に含まれていた大部分の刺激は薄れ、美少女らしく甘酸っぱい果実臭になっていた。

「唾を飲ませて……」

　言うと二人は懸命に唾液を分泌させ、順々にトロトロと彼の口に吐き出してくれた。

　白っぽく小泡の多いミックスシロップで喉を潤し、彼は突き上げを強めていった。

「顔中もヌルヌルにして」

　ジワジワと絶頂を迫らせながらせがむと、二人も彼の顔中に舌を這わせはじめてくれた。舐めるというより、彼が望むように垂らした唾液を舌で塗り付ける感じである。

　鼻の穴も鼻筋も頬も、二人分の唾液でヌルヌルにされ、彼は甘酸っぱい息の匂いと唾液のヌメリに包まれて、勢いよく昇り詰めてしまった。

「く……！」

突き上がる快感に呻き、まだこんなに残っているかと言うぐらい大量のザーメンがドクンドクンと内部にほとばしると、

「い、いく……、ああーッ……！」

噴出を感じた途端、亜矢もオルガスムスのスイッチが入ったように声を上げ、ガクガクと狂おしい痙攣を開始した。

収縮の高まる膣内で快感を嚙み締め、弘志は心置きなく最後の一滴まで出し尽くしていった。

そして満足しながら徐々に突き上げを弱めていくと、

「アア……、すごかったわ……」

亜矢も満足げに声を洩らし、肌の強ばりを解いてグッタリと体重を預けてきた。

彼も完全に動きを止め、まだ息づく膣内でヒクヒクと幹を震わせた。

「あう、感じすぎるわ……」

亜矢もすっかり敏感になっているように呻き、幹の震えを押さえ付けるようにキュッと締め上げてきた。

そして弘志は二人の顔を引き寄せ、混じり合ったかぐわしい果実臭の吐息を胸いっぱいに嗅ぎながら、うっとりと余韻を味わったのだった……。

6

「あれ、どうしたの？」

三人で、ホテルのレストランで食事を終えた弘志は、駅に向かう途中でばったり鈴江に会って驚いた。

「まあ、部長。時間があったので映画を観ていたんです。夕食は、そこのファミレスで」

鈴江が笑みを浮かべて答えた。どうやらタクシーで帰らず、久々に町でノンビリしていたのだろう。

「部長は？」

「うん、ディレクターとホテルで夕食しながら仕事の打ち合わせをしていたんだ」

弘志は答え、アイドルたちは先に移動したように言っておいた。

亜矢も賀矢も楽しげに食事をし、もちろん彼が支払いをして社名を書いた領収書をもらい、笑顔で別れてきたところである。

「そうですか」

「夕食が済んだのなら、もし良ければどこかへ行かないか?」

「ええ、部長と一緒ならどこでも」

言うと鈴江も、彼に会えた嬉しさで浮かれるように答えた。

「じゃあそこで良ければ入ろう」

弘志が駅裏のラブホテルを指して言うと、鈴江も急激に期待を高めて頷き、一緒についてきた。

密室に入ると、すぐにも彼は服を脱いでいった。

もちろん相手が替われば淫気はリセットされ、期待に早くもピンピンに勃起している。それでなくても、未知のパワーが彼を包んでいるのだ。

それにアイドル二人を相手にするというお祭りを終えると、やはり一対一の密室の淫靡《いんび》さに魅力を感じるのだった。

鈴江もモジモジと脱ぎはじめたが、

「あの、シャワーと歯磨きしていいですか。ずいぶん歩き回ったし」

頰を染めながら言った。

「もちろんダメ。もう待てないし、匂いが濃い方が興奮するので。ほら」

言いながら手早く全裸になると、彼は急角度に勃起したペニスを突き出した。

見た鈴江はビクリとして息を吞み、急激に興奮を高めたように、甘ったるい匂いを揺らめかせながら全て脱ぎ去ってくれた。

そして一糸まとわぬ姿になると、立っている彼の前に跪《ひざまず》き、屹立《きつりつ》した先端に唇を押し当ててきたのだ。

舌を這わせて尿道口と亀頭を唾液に濡らし、スッポリ含んで吸い付いてきた。

「ああ、気持ちいい……」

弘志は快感に喘ぎ、深く押し込むと先端が喉の奥の肉にヌルッと触れた。

「ンン……」

鈴江が熱く呻き、鼻息で恥毛をそよがせて舌をからめた。

そしてスポンと口を離すと、

「いつも清潔なんですね……」

頰を上気させ、自分は汗ばんでいるのを羞じらいながら言う。

まさかアイドルたちと何度もシャワーを浴びたとも言えないので、彼は鈴江をベッドに誘った。

そして仰向けにさせると、弘志は真っ先に彼女の足裏に舌を這わせ、縮こまった指の間に鼻を割り込ませて嗅いだ。

本人が気にするだけあり、そこは汗と脂に生ぬるく湿り、アイドルたちと同じぐらいムレムレに濃い匂いを沁み付かせていた。

朝から大仕事に緊張し、しかも直帰せずに町を歩いたりしていたのだから無理もないだろう。

「本当だ。すごく蒸れて匂う」

「アアッ……！」

嗅ぎながら言うと、鈴江が両手で顔を覆って喘ぎ、足を引っ込めようとした。

その足首を摑んで引き寄せ、彼は念入りに両足とも嗅いでから、爪先にしゃぶり付いて順々に指の股を舐め回した。

「あう、ダメ、汚いです……」

鈴江が声を震わせて呻き、ガクガクと全身を震わせたが、彼は両足とも、全ての指の股を貪り尽くしてしまった。

そして顔を上げて大股開きにさせると、滑らかな脚の内側を舐め上げ、白くムッチリした内腿をたどり、熱気と湿り気の籠もる股間に迫っていった。

まずは彼女の両脚を浮かせ、豊かで形良い尻に顔を押し付け、双丘の弾力を味わいながら谷間の蕾に鼻を埋め込んだ。

蒸れた匂いが籠もり、彼は充分に胸を満たしてからピンクの襞を舐めて濡らし、ヌルッと潜り込ませて滑らかな粘膜を味わった。

「く……！」

鈴江が呻き、モグモグと肛門で舌先を締め付けてきた。

昼間は美少女アイドルの二人を味わい、三回も射精したのに、夜は二十三歳の新人ＯＬを相手にしているのだから、これも実に贅沢な一日である。

舌を出し入れさせるように動かしてから、ようやく脚を下ろして割れ目に迫ると、はみ出した花びらはすでにネットリと大量の蜜に潤っていた。

「自分で広げてごらん」

股間から言うと、すっかり朦朧となって熱い呼吸を繰り返しながら、彼女がそろそろと両手を割れ目に当て、指でグイッと陰唇を左右に広げてくれた。

花びらのように可憐な膣口が濡れて息づき、ポツンとした小さな尿道口も見え、包皮の下からは真珠色の光沢あるクリトリスがツンと突き立っている。

「綺麗だ。すごく濡れてるよ。舐めて、って言って」

「あう……、な、舐めて……」

鈴江が羞恥に呻きながら、指で割れ目を広げて言った。

弘志も吸い寄せられるように顔を埋め込み、柔らかな恥毛に鼻を擦りつけて嗅ぐと、熱く蒸れた汗とオシッコの匂いが悩ましく鼻腔を刺激してきた。

「いい匂い」

「う、嘘……」

彼がことさら犬のようにクンクン鼻を鳴らして嗅ぎながら言うと、鈴江は激しい羞恥に口走り、白い下腹をヒクヒク波打たせた。

物怖じしない二人のアイドルも良いが、やはり恥ずかしがり屋の美女は最高だった。

柔肉を舐めると、淡い酸味の蜜が舌の動きをヌラヌラと滑らかにさせた。

膣口をクチュクチュ掻き回し、淡い酸味のヌメリをたどってクリトリスまで舐め上げていくと、

「アアッ……！」

鈴江が声を上げ、ビクッと身を弓なりに反らせて硬直した。

彼は味と匂いを貪って執拗に舐め回し、左手の人差し指を肛門に浅く潜り込ませ、右手の二本の指を膣口に押し込んでいった。

7

「あう、ダメ……」

前後の穴を塞がれた鈴江が呻き、それぞれの指をきつく締め付けてきた。

弘志は指で内壁を小刻みに擦り、なおもクリトリスに吸い付くと、彼女は最も感じる三点責めに大量の愛液を漏らした。

「アア……、お、お願いです、もう……」

声を震わせ、微かな痙攣を繰り返した。

すでに小さなオルガスムスの波を感じているのだろう。

ようやく彼は舌を引っ込め、それぞれの穴から指を引き抜いてやった。

左手の人差し指に汚れはないが、生々しい微香が付着した。右手の二本の指は白っぽく攪拌《かくはん》された愛液にまみれ、指の腹はふやけてシワになっていた。

弘志も待ちきれなくなって身を起こし、股間を進めていった。

女上位はアイドルたちとさんざんしたので、今日の仕上げは正常位である。

先端を濡れた膣口に押し当て、感触を味わいながら、ヌルヌルッとゆっくり挿入していくと、

「あう……」

鈴江が顔を仰け反らせて呻き、キュッと締め付けてきた。

彼は根元まで貫いて股間を密着させ、脚を伸ばして身を重ねていった。

そして屈み込み、ピンクの乳首に吸い付いて舐め回し、もう片方もいじりながら、柔らかな膨らみを味わった。

左右の乳首を順々に含んで舌で転がすと、さらに彼女の腕を差し上げて汗ばんだ腋の下にも鼻を埋め込んだ。

「ああ、ダメです……」

彼女は匂いを気にしながら身悶えたが、彼は生ぬるく甘ったるい汗の匂いを貪り、うっとりと胸を満たした。

そして滑らかな腋を舐め回し、もう片方の腋の下も充分に嗅いで舌を這わせた。

すると、くすぐったそうに彼女が身をよじるたび、膣内の締め付けが増してきた。

そして待ち切れなくなったように、ズンズンと股間を突き上げてきたので、彼もあわせて徐々に動きながら、上からピッタリと唇を重ねていった。

舌を挿し入れ、滑らかな歯並びを左右にたどると歯が開かれ、彼は奥に侵入した。

「ンン……」

鈴江が熱く鼻を鳴らして呻き、チュッと強く彼の舌に吸い付いてきた。

美女の息で鼻腔を熱く湿らせながら、動きを早めていくと、溢れる愛液で律動が滑らかになり、クチュクチュと湿った摩擦音が聞こえてきた。

「ああ……、い、いきそう……」

鈴江が口を離し、膣内の収縮を活発にさせていった。

喘ぐ口に鼻を押し込んで嗅ぐと、鼻腔が熱気に満たされ、濃厚な花粉臭に混じり、ほのかなオニオン臭の刺激が鼻腔の天井に引っ掛かってきた。

「ああ、女の匂い……」

うっとり胸を満たして言うと、鈴江はさらなる羞恥に、かえって熱く息を弾ませて、下から激しくしがみついた。

美女の吐息を嗅ぎながら、いつしか股間をぶつけるように激しく動くと、彼の胸の下で乳房が押し潰れて弾み、恥毛が擦れ合い、コリコリする恥骨の膨らみも痛いほど股間に押し付けられた。

「も、もうダメ、いく……」

押し寄せる波を待ちながら彼女が口走ると、たちまち粗相したように互いの股間がビショビショになった。

「アアーッ……！」

潮を噴きながら鈴江が声を上げ、彼を乗せたままブリッジするように身を反らせてヒクヒクと狂おしく痙攣した。

その収縮の中で、彼も続いて絶頂に達し、

「く……！」

短く呻いて快感を嚙み締め、本日最後の熱いザーメンをドクンドクンと勢いよく柔肉の奥にほとばしらせた。

「あう、感じる……！」

奥深い部分を直撃され、鈴江が駄目押しの快感に呻き、中のザーメンを飲み込むようにキュッキュッと膣内が上下に締まった。

まるで歯のない口に含まれ、舌鼓でも打たれているような快感である。

弘志は心ゆくまで快感を味わい、最後の一滴まで出し尽くしていった。

そしてすっかり満足すると徐々に律動を弱めてゆき、力を抜いて彼女にもたれかかっていった。

何度も何度も快感の波が押し寄せているように、膣内の収縮がいつまでも続き、刺激されたペニスが内部で過敏にヒクヒクと跳ね上がった。

やがて彼が完全に動きを止めると、

「ああ……」

鈴江も満足げに声を洩らし、グッタリと身を投げ出していった。

弘志は身を重ね、熱く喘ぐ鈴江の吐息を胸いっぱいに嗅いで酔いしれながら、うっとりと快感の余韻を嚙み締めたのだった。

あまり長く乗っているのも悪いので、彼はそろそろと身を起こして股間を引き離し、添い寝していった。

すると鈴江が甘えるように身を寄せてきたので、彼は腕枕してやった。

弘志の胸で荒い呼吸を整えていた鈴江だが、ふと気づくと、いつしか寝息を立てているではないか。

激しすぎる快感で精根尽き果てたのだろうが、何やら、アイドルたちよりも無

った。

邪気で幼げな寝顔をしていた。

弘志は腕に美女の重みを感じながら、鈴江が目覚めるまでこうしていようと思った。

（もう、彼女にも命中してしまったのだろうか……）

弘志は思った。

寿美枝や美百合の計画通り、彼がより多くの女性を孕ませ、この世の中を変えていくというのが、まだ実感として湧かない。

だがエイリアンに改造手術を施されたらしい弘志は、寿美枝や美百合の意向というよりも、彼自身の気持ちで行動しはじめているような気がした。

しかし一人の力では、孕ませる女性の数も限られているだろう。

あるいは他にも世界中に、弘志のような人間がいるのかも知れない。

（とにかく、その前にマンションへの引越しだな……）

弘志は思い、新生活へ熱く思いを馳せるのだった……。

第五章　新居で母娘と

1

（やあ、すっかり片付いたな）

弘志はマンションの室内を見回した。

もう長年住んだアパートを出て、古い家具も全て処分してもらったのだ。

新築3LDKのマンションには、全て新品の家具が並んだ。リビングには大型テレビとソファ、広いキッチンにはテーブルと冷凍冷蔵庫に電子レンジ、洗面所には洗濯機、寝室には女性を迎えるためのダブルベッド。あとは書斎と物置だ。

カーペットとカーテンなども全て揃い、最後の業者がソファを置いて出ていったところである。

寝室のサイドボードには、隠しカメラの設置をとも考えたのだが、どんな女性でも落ちるだろうから、もう録画の映像を見ながらオナニーする必要などないだろうと、止めておいた。

とにかく、長年の六畳一間から引越したのだから広い。

もちろん管理組合の面倒な当番などもないし、ペットも自由だが飼うつもりはない。

まだ貯金は残っているし、管理職になったのだから給料も上がるだろう。

そして何より我が身には、未知の力と強運が備わっている。

自分の使命が地球征服の一端を担っているのかも知れないが、独り者には先のことなどどうでも良い。

今日は休みなので、さて新品のソファで寛《くつろ》ごうと思ったら、そのときチャイムが鳴った。出ると、何と寿美枝ではないか。

「引越しと昇進のお祝いです」

花束と荷物を抱えた彼女が笑みを浮かべて言うので、とにかく彼は招き入れた。

「初めての客ですよ」

「そう、美百合さんから聞いていたの」

寿美枝は言い、

「どうせ花瓶なんかないだろうから買ってきました」

持って来た紙袋からクリスタルの花瓶を出し、キッチンで水を入れて花を生け、テーブルに置いた。

「花なんか頂いたの生まれて初めてです。入院中ですらなかったんですから」

弘志は言って花を眺めた。

本当は花など迷惑だし、缶ビールの方が良かったのだが、見てみるとやはり華やかな気分になった。

まあ枯れるまで水を替えるぐらいのことは、大した手間ではない。

それより弘志は急激に欲情してきた。

寿美枝は彼の知る女性たちの中の最年長、美穂の母親にして、四十歳を目前にした色白豊満な美熟女だ。

「いいお部屋だわ」

寿美枝が言って各部屋を見て回り、弘志も案内した。

「ええ、暮らすうち無駄なものを増やさないように気をつけたいです」

彼は言い、最後に寝室に入ると、寿美枝は新品のベッドに腰掛けた。

弘志は彼女の前に立ち、すっかりテントを張った股間を突き出し、

「ね、こんなに勃っちゃった……」

甘えるように言った。

「まあ、外に出してあげて」

「ええ、寿美枝さんも脱いで」

彼女が強ばりに熱い眼差しを注いで言うので、弘志は言いながら脱ぎはじめた。

すると寿美枝も手早くブラウスを脱ぎ、腰を浮かせてスカートも脱ぎはじめてくれた。

見る見る白い熟れ肌が露わになるにつれ、新居の寝室に、生ぬるく甘ったるい匂いが立ち籠めはじめた。

彼は先に全裸になり、ベッドに仰向けになった。

寿美枝もためらいなく最後の一枚まで脱ぎ去ると、向き直ってベッドに上がってきた。

そして真っ先に、彼の股間に屈み込み、腫れでも癒すように幹を撫で、先端にチロチロと舌を這わせてきてくれたのだ。

「ああ……」

弘志は身を投げ出し、快感に喘ぎながら美熟女の愛撫に目を向けた。

寿美枝は充分に尿道口を舐めると、張り詰めた亀頭をくわえ、指先でサワサワと陰嚢をいじりながら、スッポリと喉の奥まで呑み込んでいった。

彼自身は、温かく濡れた寿美枝の口腔に根元まで含まれ、唾液に濡れた幹をヒクヒク震わせた。

「ンン……」

寿美枝も熱く鼻を鳴らし、息を股間に籠もらせながら幹を締め付けて吸い、口の中では満遍なくクチュクチュと舌をからみ付けてくれた。

もちろん彼女も、最初から欲望を抱いて来てくれたのだろう。

彼が小刻みに股間を突き上げると、寿美枝も顔を上下させ、リズミカルにスポスポと摩擦してくれた。

「い、いきそう……」

すっかり高まった弘志が言うと、寿美枝もすぐにスポンと口を離してくれた。

やはり新居だと気分も一新し、急激に絶頂が迫ったようだ。

身を起こした彼は、入れ替わりに寿美枝を仰向けにさせた。

豊満な熟れ肌を見下ろしてから、弘志は屈み込んで彼女の足裏に舌を這わせ、形良く揃った指の間に鼻を押し付けて嗅いだ。

「あう、そんなところから……」

寿美枝はビクリと反応して言ったが、拒みはしなかった。

指の股は生ぬるい汗と脂に湿り、蒸れた匂いが悩ましく鼻腔を刺激してきた。おそらく駅近くのパーキングに車を停め、買い物をしてから歩いてきたのだろう。

弘志はムレムレの匂いを貪ってから爪先にしゃぶり付き、両足とも全ての指の股を舐め、味と匂いを堪能した。

そして大股開きにして脚の内側を舐め上げ、白くムッチリと量感ある内腿に顔を押し付けた。思わず弾力ある肌にキュッと歯を立てると、

「あう……」

「ごめんなさい」

「いいのよ、驚いただけ。もっと強く嚙んで。どうせ痕にはならないのだから」

「え……」

言われて、彼は試しに大きく口を開いて肌を咥《くわ》え、そっと嚙んでみた。前歯だ

けより、歯全体で噛んだ方が痛くないと思ったのだ。

「アア、いい気持ち、もっと強く……」

寿美枝が喘ぐので、彼も徐々に力を入れて歯を食い込ませた。感触を味わいながら目の前にある割れ目を見ると、熱い愛液が大洪水になってきた。

キュッと力を入れて噛んでから口を離して見ると、唾液に濡れた歯形が、見る見る消えていったのである。

2

(やっぱりエイリアンの力を宿して……)

弘志は思い、やがて寿美枝を大股開きにさせて股間に顔を埋め込んでいった。

柔らかな茂みに鼻を擦りつけて嗅ぐと、やはり蒸れた汗と残尿臭が混じって悩ましく鼻腔を刺激してきた。

胸を満たしながら舌を挿し入れ、かつて美穂が生まれ出た膣口の襞を掻き回し、ツンと突き立ったクリトリスまでゆっくり舐め上げていくと、

「アアッ……！」

寿美枝が顔を仰け反らせて喘ぎ、内腿できつく彼の両頬を挟み付けてきた。

「そこも噛んで……」

彼女が言うので、弘志も前歯でコリコリとクリトリスを刺激してやった。

「あう、いいわ、もっと……」

寿美枝が身を弓なりにさせて呻き、愛液の量を増して内腿に力を込めた。

白い下腹がヒクヒクと波打ち、彼は咀嚼《そしゃく》するように歯で小刻みにクリトリスを刺激してやった。

さらに両脚を浮かせ、白く豊満な尻の谷間に鼻を埋め込み、薄桃色の蕾に籠もる蒸れた微香を貪り、舌を這わせてヌルッと潜り込ませた。

「く……！」

寿美枝が呻き、モグモグと肛門で舌先を締め付け、彼も念入りに滑らかな粘膜を舐め回した。

「い、入れて……」

寿美枝が息を弾ませてせがみ、彼も身を起こして股間を進めた。

愛液が大洪水になっている割れ目に先端を擦りつけ、感触を味わいながらゆっくり膣口に挿入していくと、

「あう、いい……！」

寿美枝が快感を嚙み締めて言い、彼自身をヌルヌルッと滑らかに根元まで受け入れていった。

弘志も肉襞の摩擦と温もりに包まれながら、深々と貫いて股間を密着させた。

すると彼女が両手を回して抱き寄せてきたので、弘志も脚を伸ばして身を重ね、豊満な熟れ肌に体重を預けた。

まだ温もりと感触を味わうだけで動かず、屈み込んで巨乳に顔をうずめた。

乳首に吸い付いて舌で転がし、顔中で柔らかな膨らみを味わうと、

「アア……」

寿美枝が喘ぎ、下からしがみつきながら、待ち切れないようにズンズンと股間を突き上げはじめた。

弘志は左右の乳首を充分に味わってから、彼女の腕を差し上げ、色っぽい腋毛の煙る腋の下に鼻を埋め込み、生ぬるく蒸れて濃厚に甘ったるい汗の匂いを貪った。

そして彼も寿美枝の動きに合わせ、徐々に腰を突き動かしはじめた。

いったん動くと、あまりの快感に腰が停まらなくなり、次第に勢いを付けて股

間をぶつけた。

　さらに彼は寿美枝の白い首筋を舐め上げ、上からピッタリと唇を重ね、舌を潜り込ませていった。

　滑らかな歯並びを舐め、奥に入れてチロチロと舌をからめると、

「ンンッ……」

　彼女が熱く呻いて、チュッと強く弘志の舌に吸い付いてきた。

　寿美枝の鼻から洩れる息が熱く彼の鼻腔を湿らせ、動きに合わせてクチュクチュと淫らに湿った摩擦音が聞こえてきた。

「い、いきそう……」

　彼女が口を離し、淫らに唾液の糸を引いて口走ると、白粉臭の吐息が悩ましく鼻腔を刺激してきた。

　弘志は美熟女のかぐわしい吐息を胸いっぱいに嗅ぎながら律動を繰り返し、膣内の収縮と潤いに高まってきた。

　すると、先に寿美枝がオルガスムスに達してしまった。

「い、いく、気持ちいい、アアーッ……！」

　声を上ずらせて反り返り、彼を乗せたままガクガクと狂おしく腰を跳ね上げた。

その激しい収縮に巻き込まれると、続いて弘志も大きな絶頂の快感に全身を貫かれてしまった。

「く……！」

呻きながら、ありったけの熱いザーメンをドクンドクンと注入すると、

「あう、もっと……」

噴出を感じ、駄目押しの快感に呻きながら彼女が激しく悶えた。

弘志は心ゆくまで快感を嚙み締め、最後の一滴まで出し尽くしていった。

そして徐々に動きを停め、力を抜いてもたれかかっていくと、

「ああ……」

寿美枝も満足げに声を洩らし、熟れ肌の強ばりを解いて四肢を投げ出していった。

まだ膣内は名残惜しげな収縮と締め付けが繰り返され、彼自身は過敏に反応しヒクヒクと内部で跳ね上がった。

弘志は、新居で初めて射精快感を味わい、彼女の喘ぐ口に鼻を押し付け、熱く湿り気ある白粉臭の吐息を嗅ぎながら、うっとりと快感の余韻を味わったのだった。

やがて重なったまま呼吸を整えると、弘志はそろそろと股間を引き離して身を起こしていった。

「起きられますか」

「ええ……」

言うと答えたので、彼は寿美枝を支えながらベッドを降り、バスルームへと移動した。

「ベッドもバスルームも、私が最初で申し訳ないわね……」

寿美枝は、まだ力の入らない声で言った。

「そんなことないです。来てくれて、すごく嬉しいです」

弘志は答え、シャワーの湯を出して互いの全身を洗い流した。

すると湯を弾くほど脂の乗った熟れ肌を見るうち、すぐにも彼自身がムクムクと回復しはじめてしまった。

「まあ、今日はもう堪忍。美穂の夕食の仕度に帰らないと」

彼の股間を見た寿美枝が言う。

「そう、分かりました」

弘志も、残念そうに言って興奮を鎮めることにした。

「その代わり明日の晩、美穂をここへ来させるので、泊まらせてあげて」

「ほ、本当ですか……」

弘志は顔を輝かせて言い、それなら明日のため今日はもう我慢できると思った。

「ええ、美穂は確実に、あなたの子を宿しているわ。だから何日でも、好きなだけ泊めていいので」

寿美枝は言い、やがて流し終えると二人でバスルームを出たのだった。

3

「テレビCMが出来あがったので、みんなで完成動画を見ましょう」

月曜の朝、オフィスに入った弘志が言い、モニターのスイッチを入れると、鈴江を含むOLたちが歓声を上げて彼の背後に集まってきた。

ただ根津雄太は、ふて腐れたように顔をしかめ、こちらには来なかった。

やがて動画が始まったが、三十秒CMなのですぐ終わった。

それでも、あやかシスターズの亜矢と賀矢は草原をバックにしたブランコで実に可憐に映り、歯切れ良くテンドの紹介もして上出来だった。

「二人とも、すごくいい子たちだったわ」

鈴江が言うと、

「もう一度お願いします」

皆が言い、弘志はもう一度再生した。

実際にテレビに流れるのは月末からということである。

「わあ、本当に綺麗に撮れてるわ」

ＯＬたちが、弘志の左右からモニターを覗き込んで言い、彼は肩越しに感じる彼女たちの甘い吐息を嗅いで思わず股間を熱くさせてしまった。

結局三回流し、やがて皆が各デスクへと戻って仕事を始めた。

「根津さんも見ますか」

「いや、いい」

声を掛けると、彼は弘志の方も見ずに答えた。やはり日頃から小馬鹿にしてコキ使っていた平社員が、いきなり自分を飛び越して部長になったのが面白くないのだろう。

だが、雄太は弘志より十歳年下なのだし、キャリアもそれだけ違うのだから、これが本来の関係とも言えるのだ。

（何とかしないとな……）

弘志は社のため、彼とも上手くやっていかなければいけないと思った。

そして一日の仕事を終え、終業間際に社長の美百合と一緒に、一人の美女がオフィスにやって来た。

「まあ、まさか美穂ちゃん……？」

すぐに鈴江が気づいて言うと、他のＯＬも急に大人び、輝くような美しさを持った美穂に目を見開いた。

どうやら弘志という男を知り、しかも体内に子を宿してから、飛び抜けて艶やかに成長していたのである。

美穂を見て、雄太も目を丸くしていた。

「前から、またバイトをしたいと言っていたのだけど、急に結婚することになったので挨拶に来させたの」

美百合が言うと、ＯＬたちがまたざわめきはじめた。

「まだ短大生でしょう。勿体ないわ」

「相手はどんな人なの」

口々に言うと、美百合が手で制して弘志を指した。

「結婚相手は、その平山部長よ」

その言葉に、ＯＬたちも雄太も度肝を抜かれたように啞然となった。

「そ、そんなあ、年の差は三十歳以上でしょう……」

一人が言うと、犯罪だわとか言いつつ一同は弘志を見直したように見つめてきた。

すると美穂が頭を下げ、

「バイト時代はお世話になりました。では」

そう言って美百合と一緒にオフィスを出ていった。

それを弘志は追い、そっと美穂にマンションのキイを渡した。

「少し寄るところがあるので良ければ先に」

「ええ、分かりました」

言うと美穂もキイを受け取り、笑顔で答えた。やがて弘志はオフィスに戻り、帰り支度をすると、ＯＬたちも彼を冷やかしながら出ていった。さすがに鈴江は、複雑な表情をしながら帰っていった。

そして弘志は、無言で出ていく雄太を追って声を掛けた。

「根津さん、良ければ少しだけ一杯付き合って下さい」

「なに、御免だね」

「そう言わず、どうか」

「くどいぞ」

言うと雄太は拳を振り上げたが、すぐに力なく構えを解いた。

「止そう。どうにも不思議だが、あんたに勝てる気がしねえ……」

肩を落とした彼の腕を抱え、弘志は無理矢理社屋を出て居酒屋へ向かった。

やがて差し向かいで生ビールを飲み、何品かツマミを頼んだ。

「一体どうなってるんだ。いや、どうなってるんです。急に仕事が出来るようになって、空手の有段者より強くなって、体も若返っている」

喉を潤しながら雄太が苦々しげに言った。

「しかも、いきなり部長になってＣＭの大きな仕事を任され、噂では新築マンションに越して、そのうえ二十歳前の美女と婚約とは。まさか宇宙人に超能力でももらったんじゃないか」

雄太が、いきなり図星を指してきて、弘志は苦笑した。

「ええ、僕が二十代をずっと病院で昏睡していたことは知ってますね」

「ああ、それは気の毒に思う」

「その後遺症が二十年ばかり続いて、今までぼうっとしていたのだけど、それが完全に治ったら、急に今までの分を取り戻すように頭脳と身体能力が活発になってきたんです。僕を見捨てなかった先代社長のおかげですが」

「二十年も後遺症が……。そうか、その方が、宇宙人に超能力でももらったことより、ずっと納得できる……」

俯《うつむ》いて言った雄太だが、顔を上げるとすっきりした表情になっていた。

「分かりました。考えてみれば、年の差から言っても今の互いの地位が自然ってことでしょう。今まで意地の悪いことして済みません。これからもよろしく、部長」

雄太は言い、ジョッキを上げた。

彼も妻子がいるし、まだ住宅ローンも残っているだろうから、面白くなくても辞めるわけにいかないのだ。

それなら、互いに気持ち良く顔を合わせる方が良い。弘志はそう思って誘ったのだが、どうやら大丈夫なようだった。

もっとも、これも弘志の宿した力による影響なのかも知れないが、彼が心を開いてくれれば、それに越したことはなかった。

「良かった。じゃお先に失礼しますが、ゆっくり飲んでいって下さい」

「いや、一人で飲まない方が良さそうなので、一緒に出ましょう」

弘志が言うと雄太は答え、余りのビールを飲み干し、勿体ないので二人で一緒に手早くツマミを掻っ込んだのだった。

4

「ただいま。ああ、いい匂いだ」

弘志がマンションに戻ると、美穂がキッチンで料理を作っていた。

居酒屋であまり食わなくて良かったと思い、彼はエプロン姿の美穂を見て股間を熱くさせた。

以前は少女の面影のあった美穂は急激に大人び、実に美しく開花していた。

まだ腹の膨らみは目立たないが、力を宿した本人が孕んだと言っているのだから確かなのだろう。

とにかく弘志は背広を脱ぎ、先にシャワーを浴びた。

誰かが待っている家に帰ったのは生まれて初めてのことで、気持ちも浮かれていた。

着替えてテーブルに就くと、すっかり仕度も整い、二人は新婚のように差し向かいで夕食を取った。

料理は、グラタンにバゲットにサラダだ。

「和食の方が良かったかしら」

「いや、何でも好きだから大丈夫だよ。何しろ今まではインスタントと冷凍物ばかりだったんだから」

弘志は、向かいで食事する美穂を眩しく思いながら答えた。

空腹だったが腹八分目にしておいた。何しろ、気が急《せ》くように性欲が高まっているのである。

やがて食事を終えると茶を飲み、美穂が片付けと洗い物をする間に彼は歯磨きをし、先に寝室で待った。

すると美穂も、間もなく来てくれた。

「もうマレビトの部屋でなくていいのかな」

「ええ、あのときに、ちゃんと命中しましたから」

弘志が脱ぎながら言うと、美穂がそっと腹に手を当てて答え、すぐにも脱ぎはじめてくれた。

先に全裸になった彼が仰向けになると、美穂も一糸まとわぬ姿になってベッドに上がってきた。

昨日、ここで彼と母親の寿美枝としたことを知っているのか、いないのか、美穂の表情に変わりはなかった。

「ここに座って」

仰向けのまま下腹を指して言うと、美穂もためらいなく跨がってくれた。

弘志の好きな人間椅子プレイである。

美穂は完全に座り込み、僅かに湿った割れ目を彼の下腹に密着させてきた。

弘志は立てた両膝に彼女を寄りかからせ、両足首を握って顔に引き寄せた。

そして美穂の全体重を受け止めながら、顔に押し当てられた両の足裏に舌を這わせ、指の間に鼻を割り込ませて嗅いだ。

彼女はあえてシャワーを浴びていないので、弘志の好みを知り抜いているのだろう。

指の股には生ぬるい汗と脂の湿り気が沁み付き、蒸れた匂いが悩ましく籠もって彼の鼻腔を刺激してきた。

弘志は匂いを貪ってから爪先にしゃぶり付き、両足とも順々に指の間にヌルッと舌を挿し入れて味わった。

「あう……」

美穂がビクリと反応して呻き、身じろぐたびに、下腹に密着する割れ目の潤いが増してきた。

両足とも全て味わうと、彼は美穂の手を引いて顔に跨がらせた。

彼女も弘志の顔の左右に足を置き、和式トイレスタイルでしゃがみ込むと、M字になった脚がムッチリと張り詰め、ぷっくりした割れ目が鼻先に迫った。

腰を抱えて引き寄せ、若草の丘に鼻を埋め込むと、生ぬるく蒸れた汗とオシッコの匂いが馥郁と鼻腔を掻き回してきた。

急に大人びた顔と違い、割れ目は美少女のままで、匂いにもほのかなチーズ臭が含まれていた。

弘志は胸を満たしながら舌を挿し入れ、膣口の襞を掻き回してからクリトリスまで舐め上げていった。

「アアッ……！」

美穂が熱く喘ぎ、思わず座り込みそうになって両足を踏ん張った。

チロチロとクリトリスを探るたび、大量の蜜が溢れてきた。

彼は念入りにヌメリを舐め取ってから、大きな水蜜桃のような尻の真下に潜り込んだ。

顔中に弾力ある双丘を受け止め、谷間に鼻を埋め、可憐な薄桃色の蕾に籠もる微香を貪り、舌を這わせた。

息づく襞を濡らし、ヌルッと潜り込ませて滑らかな粘膜を探ると、

「あう……」

美穂が呻き、キュッときつく肛門で舌先を締め付けてきた。

やがて真下から前も後ろも執拗に舐め回し、味と匂いを堪能すると、

「も、もうダメ……」

美穂が絶頂を迫らせたように言い、ビクッと股間を引き離してきた。

そして彼女は移動し、大きく開いた彼の股間に腹這いになってきたのだ。

弘志が自ら脚を浮かせて尻を突き出すと、美穂も厭わず舌を這わせ、ヌルッと肛門に潜り込ませてくれた。

「く……、気持ちいい……」

弘志は妖しい快感に呻き、モグモグと美穂の舌先を肛門で締め付けた。

中で彼女の舌が蠢くたび、勃起したペニスがヒクヒクと上下した。

脚を下ろすと、美穂も心得たように舌を引き離し、陰嚢にしゃぶり付いて睾丸を転がしてくれた。

そして内腿まで舐めてくれたので、

「嚙んで……」

弘志は胸を高鳴らせてせがんだ。

すると美穂も、大きく口を開いて内腿の肉を咥え、キュッと遠慮無く歯を食い込ませてくれたのだった。

「あう、気持ちいい、もっと強く……」

彼は甘美な刺激に呻いた。恐らく自分も昨日の寿美枝のように、歯形など残らず、すぐに痕も消えてしまうのだろう。

それを知っているからか、美穂も渾身の力で容赦なく歯を立て、彼の左右の内腿を刺激してくれた。

そして彼女は中心に戻って肉棒の裏側を舐め上げ、さすがにそこには歯を当てず、粘液の滲む尿道口をチロチロと舐め回した。

さらに張りつめた亀頭にしゃぶり付き、丸く開いた口でスッポリと喉の奥まで呑み込んでいった。

熱い息が恥毛をそよがせ、美穂は幹を締め付けて吸い、口の中ではクチュクチュと舌が絡みつき、たちまち彼自身は清らかな唾液に生温かくまみれた。

5

「ああ、いきそう。入れたい……」

すっかり高まった弘志が言うと、美穂もチュパッと口を離して顔を上げた。

そして移動して添い寝すると、

「上になって下さい……」

彼女は仰向けになって言った。

妊娠したのに乗って良いのかなと思いつつ、弘志は身を起こして股を開かせ、股間を進めていった。

位置を定め、正常位でヌルヌルッと根元まで挿入していくと、

「アアッ……」

美穂が顔を仰け反らせて喘ぎ、両手でしがみついてきたので、彼も体重を掛け

ないように気遣いながら身を重ねた。

股間を密着させ、温もりと感触を味わいながら屈み込み、左右の乳首を吸い、顔中で張りのある膨らみを味わった。

両の乳首を充分に愛撫すると、腋の下にも鼻を埋め込み、蒸れて甘ったるい汗の匂いに噎せ返った。

腋の下にも舌を這わせてから、上から美穂に唇を重ね、グミ感覚の弾力と唾液の湿り気を味わった。

舌を挿し入れると、彼女も歯を開いて舌をチロチロとからみつけ、弘志は生温かく滑らかなヌメリを味わった。

徐々に腰を突き動かし、肉襞の摩擦に酔いしれると、

「アア……」

美穂が口を離し、甘酸っぱい吐息を洩らして喘いだ。

弘志は、果実臭で鼻腔を刺激されながら徐々に動きをリズミカルにさせていったが、美穂が自ら両脚を浮かせたのだ。

「お尻に入れて……」

「え……？　大丈夫かな。無理しない方がいいよ」

「何でも試してみたいんです」

彼女が言い、弘志もその気になってきた。

元より、互いに力を宿しているのだから無理なことはないだろう。

それに彼も、美穂の肉体に残った最後の処女の部分も征服したかった。

身を起こし、ヌルッと引き抜くと彼女の尻の谷間を見た。

割れ目から滴る愛液に、ピンクの肛門がヌメヌメと妖しく潤って息づいている。

彼が愛液に濡れた先端を蕾にあてがうと、美穂も口呼吸をして懸命に括約筋を緩めているようだ。

機を計ってグイッと押し込むと、可憐な蕾が丸く開いて襞がピンと張り詰め、今にも裂けそうに光沢を放った。

タイミングが良かったか、最も太い亀頭のカリ首までが潜り込むと、あとは滑らかにズブズブと挿入することが出来た。

「あう……」

美穂が眉をひそめて呻き、

「大丈夫？」

気遣って訊くと、彼女が小さくこっくりした。弘志は膣とは違う感触に包まれながら股間を押しつけると、尻の丸みが密着して心地よく弾んだ。

さすがに入り口は締め付けがきついが、奥は比較的楽だった。

「突いて、中に出して……」

美穂が、薄目で彼を見上げながら囁いた。

彼のザーメンを、直腸からも吸収したいのだろう。

弘志は様子を見るように小刻みに動きはじめ、彼女も徐々に違和感にも慣れて収縮を強めてきた。

これも、いったん動くと新鮮な摩擦快感に腰が停まらなくなり、彼はジワジワと高まっていった。

ズンと強く突き入れるたび、

「アア、いい気持ち……」

美穂も未知の快感に喘ぎ、空いている割れ目の愛液を大洪水にさせた。

彼女は浮かせた両脚を弘志の腰に巻き付け、下からも徐々に突き上げはじめた。

「い、いく……」

たちまち彼は呻き、絶頂の快感に全身を包まれてしまった。

同時に熱い大量のザーメンがドクンドクンと狭い内部にほとばしると、

「あぁッ……！」

噴出を感じた美穂も声を上げたが、完全なオルガスムスではないようだ。それでも彼の快感が伝わったようにヒクヒクと痙攣し、締め付けを強めてくれた。

内部に満ちるザーメンで、さらに動きがヌラヌラと滑らかになった。

「ああ、気持ちいい……」

弘志は快感に喘ぎ、心置きなく最後の一滴まで注入し尽くした。

満足しながら動きを停め、呼吸も整わないまま、そろそろと股間を引き離すと、ヌメリと締め付けで彼自身はヌルッと押し出されて離れた。

「あう」

抜け落ちると美穂が呻き、支えを失《な》くしたようにグッタリと身を投げ出していった。

見ると可憐な肛門は丸く開いて粘膜を覗かせていたが、裂けた様子もなく、見る見る締まって元の可憐な蕾に戻っていった。

もちろんペニスに汚れの付着はないが、洗った方が良いだろう。

「起きられる？」

彼は言いながら美穂を支えて引き起こし、一緒にベッドを下りるとバスルームへ移動していった。

シャワーの湯を美穂に浴びせてから、彼はペニスを流し、放尿もして内側を洗った。

美穂も、まだ違和感が残っているようだが、徐々に自分を取り戻していった。

「美穂もオシッコ出して」

彼は床に座って言い、目の前に美穂を立たせた。

そして片方の足を浮かせてバスタブのふちに乗せ、開いた股間に顔を埋めた。

ざっと流しただけだから、まだ若草には悩ましい匂いが残り、弘志は鼻腔を刺激されながら舌を這わせた。

「アア、出るわ……」

美穂も、彼の頭に両手で摑まりながら体を支えて言った。

間もなく割れ目内部が蠢き、温もりと味わいが変わると、すぐにチョロチョロと熱い流れがほとばしってきた。

弘志は口に受け、淡い味と匂いを堪能しながら喉を潤したのだった。

6

（そうだ、一緒に寝たんだった……）

明け方に目を覚ました弘志は、隣で軽やかな寝息を立てている美穂を見て思った。

昨夜は、あのまま全裸で身を寄せ合って眠ったのである。

可憐な寝顔を見ていると愛しさが募り、朝立ちの勢いもあって我慢できなくなってきてしまった。

すると、彼の気配に美穂も目を覚ました。

「いい……？」

弘志は囁くと布団をはぎ、彼女の股間に顔を埋め込んだ。

恥毛に鼻を擦りつけて嗅ぐと、それほど匂いは濃くないが、一夜ぶんの熱気が心地よく鼻腔を湿らせた。

舌を挿し入れて膣口を探り、クリトリスを舐め回すと、

「ああ……」

美穂が熱く喘ぎ、たちまち溢れる愛液で舌の動きが滑らかになっていった。

「す、すぐいきそう……」

美穂も完全に目を覚まして高まると、すぐに身を起こして彼の股間に屈み込んできた。

張り詰めた亀頭にしゃぶり付き、喉の奥まで呑み込んで吸い付き、念入りに舌をからめて唾液に濡らしてくれた。

「上から入れて」

仰向けになった弘志が言うと、美穂もスポンと口を離して身を起こすと、ヒラリと跨がってきた。

先端に割れ目を押し当て、息を詰めてゆっくり腰を沈み込ませると、たちまち彼自身はヌルヌルッと滑らかに根元まで呑み込まれていった。

「アア……、いい気持ち……」

完全に股間を密着させた美穂が喘ぎ、キュッキュッと味わうように締め付けながら身を重ねてきた。

弘志も両手で抱き留め、膝を立てて尻を支えた。

下から唇を重ね、舌をからめながらズンズンと股間を突き上げると、

「ンンッ……！」

美穂も熱く呻きながら、動きを合わせて腰を遣った。女上位だから、彼女の腹にも負担はかからないだろう。

弘志は肉襞の摩擦と温もりの中で、急激に絶頂を迫らせていった。

「アア、いきそう……」

美穂が口を離して喘いだ。

熱く湿り気ある吐息は、寝起きで甘酸っぱい匂いが濃厚になり、何とも悩ましく彼の鼻腔が刺激された。

彼は美穂に鼻をしゃぶってもらい、吐息と唾液の匂いに酔いしれながら股間を突き上げ、たちまち昇り詰めてしまった。

「い、いく……！」

快感に呻きながら、ありったけの熱いザーメンをドクンドクンと勢いよくほとばしらせると、

「あ、熱いわ、アアーッ……！」

噴出を感じた美穂も声を上げ、ガクガクと狂おしいオルガスムスの痙攣を開始した。

何しろ昨夜は膣感覚で果てていないから、その波は実に大きそうだった。

弘志は収縮と締め付けの中で心ゆくまで快感を嚙み締め、最後の一滴まで出し尽くしていった。

すっかり満足しながら突き上げを弱めていくと、

「アア……」

美穂も声を洩らして肌の強ばりを解き、グッタリと力を抜いてもたれかかってきた。

彼は可憐な婚約者の重みと温もりを受け止め、まだ息づく膣内でヒクヒクと幹を過敏に跳ね上げた。

「あう……」

美穂も敏感になっているように呻き、いつまでも締め付けていた。

弘志は、美穂の熱く濃い果実臭の吐息を嗅いで胸を満たしながら、うっとりと快感の余韻を味わったのだった。

やがて重なったまま呼吸を整えると、美穂がそろそろと股間を離し、ティッシュの処理も省略してバスルームに行った。

その水音を聞きながら弘志は休憩し、彼女が出ると入れ替わりにシャワーを浴びた。

美穂は着替えてエプロンをすると、手早く朝食の仕度をしてくれた。

炊飯器は、昨夜のうちにタイマーでセットしていたのだろう。それにワカメと豆腐の味噌汁と、今朝は和風だった。

やがて日が昇り、仕度が調うまで、彼はテレビのニュースを見た。

実に新婚の朝といった感じで、弘志は限りない幸福感に包まれた。

美緒も今まで寿美枝から教わっていたのか、料理も手際よく、たちまちテーブルに仕度が調った。

炊きたてご飯に卵焼きに味噌汁、あとは出来合いのものだが海苔と漬け物があり、弘志は飯をお代わりし、心の籠もった朝食を終えたのだった。

「今日はどうする？」

「一緒に出て、いったん家に帰ります」

訊くと、後片付けをしながら美穂が答え、やがて彼も着替えて出勤の仕度をした。

「医者には診てもらったの？」

「いいえ、たぶん成長の度合いが普通と違うだろうし、母がいるから大丈夫です」

美穂が言った。

やはり彼女は、胎児が通常の人ではないことを意識しているのだろう。

そして寿美枝も、あるいは病院ではなく一人で美穂を生んだのかも知れない。

美穂は完全に、人とエイリアンのハーフだから、寿美枝以上に本能的な何かを持っているようだった。

（一体、どんな子が生まれるのか……）

弘志は思いながら、やがて着替えを済ませると二人でマンションを出た。

一緒に電車に乗り、先に弘志が社の最寄り駅で降りると、美穂はそのまま家へと帰っていった。

オフィスに入ると、

「おはようございます！」

早めに出勤していた雄太が、デスクを掃除しながら笑顔で元気よく挨拶してきた。

「張り切ってますねえ」

弘志も笑顔で答えた。すでに来ているＯＬたちも、雄太の元気に驚きながらも、弘志に茶を淹れてくれた。

まあ雄太のやる気も、三日坊主ということはないだろう。

弘志は安心し、すっかり明るくなった気がするオフィスを見回したのだった。

7

「根津課長、変わりましたね」

資料室で、鈴江が弘志に言った。

鈴江がオフィスを出て上階の資料室に行ったので、弘志もついてきたのだ。

「ああ、ゆうべ少し一杯やって話し合ったんだ。もうセクハラなんかもしてこなくなるし、大丈夫だろう」

「そうですか。さすがに人の心を摑んじゃうんですね。もっとも変わったというなら、部長が一番なのですけど、でも……」

鈴江が言い、少し俯いた。

「美穂との結婚のこと？」

「ええ……、すごく驚きました。もちろん私一人で部長を独占できるなんて思っていませんでしたけど、私より若い子とは思いませんでした」

まだ二十三歳の鈴江が言う。

「でも、全く今まで通りの感覚でいて欲しい」

弘志は言い、そっと彼女の頬を両手で挟んで顔を寄せ、唇を重ねた。

鈴江は、少しためらったが、すぐ力を抜いてもたれかかり、舌をからめてくれた。

化粧が落ちるといけないので、彼はすぐに唇を離した。

資料室はスチール棚が並んでいるだけで、まず誰かが入ってくることはない。

それでもドアを内側からロックし、奥の窓際にある閲覧用のテーブルの方へと彼女を誘った。

弘志はベルトを解き、下着ごとズボンを下ろすと、勃起したペニスを露わにしてからテーブルに腰を下ろした。

そして彼女の手を取ってペニスに導きながら、もう一度顔を引き寄せた。

口紅が溶けるといけないので、互いに舌を出してチロチロ舐め合うと、なおさら淫靡な雰囲気が増した。

「ンン……」

鈴江も熱く声を洩らしながら舌を蠢かせ、汗ばんだ生温かな手のひらでペニスを包み込み、ニギニギと愛撫してくれた。

「唾を出して……」

舌を引っ込めて囁くと、鈴江も懸命に分泌させ、身を乗り出してきた。

形良い唇がすぼめて迫ると、やがて白っぽく小泡の多い唾液がトロリと吐き出されてきた。彼はそれを舌に受けて味わい、うっとりと喉を潤した。

その間も、微妙なタッチで指の蠢きが続いている。

さらに鼻を舐めてもらうと、唾液のヌメリとともに、湿り気ある花粉臭の吐息がうっとりと鼻腔を掻き回してきた。

「ああ、いきそう……」

すっかり高まった弘志が言い、鈴江の顔を押しやると、彼女も素直に椅子に腰掛け、先端にしゃぶり付いてくれた。

浩志は股を開き、テーブルに座ったまま快感を受け止めた。

「ンン……」

鈴江は喉の奥まで呑み込んで吸い付き、熱い鼻息で恥毛をくすぐりながら、懸命に舌をからめてきた。

たちまちペニス全体は、美人ＯＬの生温かく清らかな唾液にまみれて脈打った。

さらに鈴江の顔を動かすと、彼女も前後させ、濡れた口でスポスポとリズミカルな摩擦を繰り返してくれた。

オフィスの誰も、二人が社内でこのような行為に耽《ふけ》っているなど夢にも思わないだろう。弘志は高まりながら、禁断の快感に包まれた。

「い、いく……、アアッ……」

彼はたちまち絶頂に達して喘ぎ、ドクンドクンと勢いよく熱いザーメンをほとばしらせ、鈴江の喉の奥を直撃した。

「ク……」

噴出を受け止めた彼女が小さく呻き、なおも吸引と摩擦を続行してくれた。

「ああ、気持ちいい……」

弘志はうっとりと喘ぎ、心置きなく最後の一滴まで出し尽くしていった。

硬直を解いて力を抜くと、鈴江も動きを停め、亀頭を含んだまま口に溜まったザーメンをコクンと一息に飲み干してくれた。

「あう……」

喉が鳴ると同時に口腔がキュッと締まり、彼は駄目押しの快感に呻いた。

ようやく彼女も口を離し、なおも幹をしごきながら、尿道口から滲む余りの雫に舌を這わせ、貪るように舐めて綺麗にしてくれたのだった。

「あうう、もういいよ、有難う……」

弘志が過敏にヒクヒク震えながら降参すると、やっと彼女も舌を引っ込めてくれた。

「何だか、上からでも下からでも、部長の出したものを受け入れると、すごく元気になる気がします……」

椅子から鈴江が見上げて言い、チロリと舌なめずりした。

やはり力を宿した彼の体液を吸収しているから、鈴江と何かトラブルが起きることもないだろう。

やがて呼吸を整えると弘志はテーブルから降り、身繕いをした。

そして資料を抱えた鈴江が部屋を出て、途中で洗面所に寄ったので、弘志は一足先にオフィスに戻ったのだった。

もちろん二人の行為に気づいているものはおらず、相変わらず雄太がハイテンションで仕事をし、つられるようにOLたちも活気に満ちて仕事をしていた。

弘志も部長としての仕事にかかり、やがて昼休みを挟んで午後も事務をこなした。

そして退社時間が近づいた時、いきなり彼のスマホがメールを着信した。

見ると、何と差出人は亜矢と賀矢の、あやかシスターズではないか。

「ご無沙汰です。今日はオフなので、二人で引越し祝いをお届けに行っていいですか」

そう書かれていたので、すぐに弘志もＯＫの返信をしておいた。

（また、二人と出来そうだな……）

彼は期待に、胸と股間を脹らませた。

やがて退社時間になると、

「部長、昨日の店、いかがでしょう。今日は僕に奢《おご》らせて下さい」

雄太がにこやかに声を掛けてきた。

「ああ、申し訳ない。今日はすぐ帰らないとならないんだ」

「そ、そうですか、残念。まあ、婚約者が待っているのならお邪魔はしません。ではまたの時に」

弘志が済まなそうに言うと、雄太も自分で納得して先に帰っていった。

「いい感じになったわね」

見ていたらしく、社長になった美百合が話しかけてきた。

「ええ、もう何の問題もないでしょう」

「昨日は、美穂を泊めたのね」

美百合が、周囲に誰もいないのを確認して囁き、メガネの奥の目を輝かせた。

どうやら淫気を催しているようだ。

「はい、でも朝一緒に出て家へ帰りました」

「そう、じゃ誰もいないのね。私もマンションを見てみたいけど」

「す、済みません。あいにく今夜は予定が入っていて」

「まあ、それは残念ね。じゃまた今度」

美百合は淫気をくすぶらせながらも諦めてくれた。

それを見送り、弘志は急いで帰途についたのだった……。

第六章　目眩《めくるめ》く日々を

1

「わあ、広くて快適だわ」

弘志のマンションに入ってきた亜矢と賀矢が、真新しい家具や室内を見回して歓声を上げた。

二人とも目立たないように地味な私服だが、それでも男の城はたちまち華やかになり思春期の匂いが立ち籠めた。

すでに二人のＣＭはテレビに流れ、テンドの評判も上がっていた。

そして二人は、彼の缶ビールや自分たちの飲み物、ファーストフードなども買ってきてくれた。

「悪いね、そんなに」

「だって、私たち引越しのお祝いに来たんですから」

ぽっちゃり型の亜矢が言い、細面の賀矢はテーブルに買ってきたものを広げ、
三人はソファに座って乾杯した。

「CMも評判で有難いよ」

「ええ、おかげ様でCDの売り上げも伸びてます」

二人はポテトやチキンを食べながら言い、健啖《けんたん》ぶりを見せた。

もちろん弘志は食事しながら、早くも股間が痛いほど突っ張ってきてしまった。

彼女たちも、食事だけで帰るわけはないだろう。

やがて三人で、買ってきたものを見事に空にすると、

「じゃ、シャワーお借りしたいです」

亜矢が言い、賀矢も腰を浮かせかけたが、もちろん弘志は股間を疼《うず》かせながら
止めた。

「いや、今のままでいいよ」

「だって、こないだよりも今日は、すごくハードだったんです」

今度は賀矢が言う。

「ううん、自然の匂いが好きだから」

「そんな、アイドルなんて見ている人が思ってるほど清潔じゃないんですよ」

「どうかお願い、そのままで。僕は急いでシャワー浴びてくるからね」

「自分だけずるいです。じゃどうしてもと言うなら、平山さんもそのままで」

言われて、仕方なく弘志も納得した。どうせ身に付いたパワーで、加齢臭が嫌がられるようなことはないだろう。

「じゃ寝室へ行こうね」

彼は言って立ち、脱ぎながら寝室へと移動した。

二人も観念して脱ぎ、たちまち三人とも全裸になってベッドに上った。

「じゃ、顔に足を乗せてね」

勃起しながら仰向けになって言うと、二人も恐る恐る彼の顔の左右に立った。

「わあ、いいのかしら、ムレムレなのに」

二人は彼を見下ろしながら言い、体を支え合いながら、そろそろと片方の足を浮かせると、同時に顔に乗せてくれた。

弘志は二人のアイドルの足裏を顔に受け、うっとりしながら舌を這わせた。

縮こまった指の間に鼻を押し付けて嗅ぐと、言うだけあって前回よりも蒸れた匂いが濃厚に沁み付いて、悩ましく鼻腔を刺激してきた。

「ああ、いい匂い……」

弘志は酔いしれながら、人気急上昇中のアイドルの足の匂いを、二人ぶん存分に貪ってしまった。

爪先にもしゃぶり付き、指の股に沁み付いた汗と脂の湿り気を舐め回すと、

「あん、くすぐったい……」

二人は声を震わせ、バランスを崩して思わずキュッと彼の顔を踏みつけた。

足を交代させ、そちらも新鮮な味と匂いを貪り尽くすと、

「じゃ、顔にしゃがんでね」

彼は口を離して言った。

すると先に亜矢が彼の顔に跨がり、そろそろと和式トイレスタイルでしゃがみ込んできた。スラリとした脚がM字になると、白い内腿がムッチリと張り詰め、ぷっくり脹らんだ割れ目が鼻先に迫った。

柔らかな若草に鼻を埋め込んで嗅ぐと、ムレムレの汗の匂いと残尿臭が感じられ、それにほのかなチーズ臭も混じって鼻腔を掻き回してきた。

「ああ、濃厚……」

弘志は嬉々《きき》として胸を満たし、舌を挿し入れて襞の入り組む膣口を探った。

すでに柔肉は生ぬるく淡い酸味のヌメリに満ち、すぐにも舌の動きがヌラヌラと滑らかになった。

そして蜜をすすりながらクリトリスまで舐め上げていくと、

「アアッ……、いい気持ち……」

亜矢が激しく喘ぎ、座り込まないよう懸命に両足を踏ん張った。匂いを気にする羞恥が、さらに快感を高めているように反応が激しかった。

するとその間に、賀矢が弘志の股間に屈み込み、張り詰めた亀頭にしゃぶり付いてきたのだ。

「大人の男の匂い……」

賀矢が呟き、チロチロと先端に舌を這わせてから、そのままスッポリと喉の奥まで呑み込んできた。

「く……」

弘志は、亜矢のクリトリスを舐め回しながら、ペニスに感じる刺激に呻いた。

賀矢は無邪気にチュパチュパと吸い付き、熱い息を股間に籠もらせながら念入りに舌を蠢かせた。

このまま射精しても、パワーですぐ回復できるのだが、やはりその日の第一回目は最も心地よい状態で果てたかった。

弘志は暴発を堪えながら、亜矢の味と匂いを貪り、尻の真下に潜り込んで顔中に張りのある双丘を受け止めた。

谷間の可憐な蕾に鼻を埋め込んで蒸れた匂いを嗅ぎ、舌を這わせてヌルッと潜り込ませ、滑らかな粘膜を探ると、

「あう、ダメ……」

亜矢が呻き、キュッときつく肛門で舌先を締め付けた。

充分に舌を蠢かせてから、再び割れ目に戻って溢れる蜜をすすり、クリトリスに吸い付くと、

「アアッ、賀矢、交替……」

亜矢が言ってビクリと股間を引き離してしまった。

すると賀矢も口を離して移動し、二人の位置が入れ替わった。

賀矢が彼の顔に跨がってしゃがみ込み、すでに濡れている割れ目を迫らせてきた。

弘志は腰を抱き寄せて恥毛に鼻を埋め、亜矢とは微妙に異なる匂いで胸を満たした。

基本は亜矢と同じく、濃厚な汗とオシッコとチーズ臭だが、微妙にブレンドが異なり、鼻腔が悩ましく刺激された。

そして匂いを堪能しながら、割れ目内部に舌を這わせて淡い酸味のヌメリを掻き回し、息づく膣口からクリトリスまでゆっくり舐め上げていった。

2

「アアッ……、いい気持ち……！」

賀矢が熱く喘ぎ、キュッと弘志の顔に股間を押しつけてきた。

亜矢は弘志の両足にしゃぶり付き、指の股も厭わず舐め回してから、脚の内側を舐め上げ、彼の両脚を浮かせて尻の谷間を舐めてくれた。

「く……！」

亜矢の舌がヌルッと潜り込むと、彼は肛門を締め付けながら快感に呻き、賀矢のクリトリスに吸い付いた。

さらに尻の真下に潜り込み、ピンクの肛門に鼻を埋め込むと、弾力ある双丘が顔中に密着してきた。

賀矢の尻も蒸れた匂いが籠もり、舌を這わせてヌルッと潜り込ませると、淡く甘苦い粘膜の味わいが感じられた。

「あう……」

賀矢は呻き、モグモグと肛門で舌先を締め付けてきた。

すると亜矢は彼の脚を下ろして陰嚢にしゃぶり付き、睾丸を転がしてから肉棒の裏側を舐め上げ、まだ賀矢の唾液に湿っている亀頭を舐め回した。

やがて賀矢の前も後ろも味と匂いを貪り尽くすと、彼女は自分から股間を引き離し、亜矢の愛撫に参加していった。

二人で熱い息を混じらせて亀頭を舐め回し、交互にスポスポと含んで吸い付き、満遍なく舌をからめてくれた。

このダブルフェラが、３Ｐの醍醐味であった。微妙に異なる口腔の温もりと感触の、それぞれに彼は高まった。

そして彼が限界を迎える前に、二人が口を離して顔を上げた。

「先に、いい？」

亜矢が賀矢に言って身を起こし、上から跨がってきた。弘志の意向など確認しないところが、彼は二人の快楽の道具にされているようで興奮した。

二人分の唾液に濡れた先端に割れ目を押し当て、息を詰めてゆっくり腰を沈めていくと、たちまち彼自身はヌルヌルッと滑らかに根元まで呑み込まれていった。

「アアッ……、いい……」

亜矢が顔を仰け反らせて喘ぎ、ピッタリ密着した股間を擦りつけてきた。

弘志も、肉襞の摩擦と熱いほどの温もり、大量の潤いと締め付けを味わいながら快感を噛み締めた。

亜矢は彼の胸に両手を突っ張り、上体を反らせながら締め付け、自分から腰を動かしはじめた。

弘志も、締め付けと摩擦にジワジワと高まってきたが、何しろ次が控えているから我慢することにした。

すると、いくらも動かないうちに亜矢がガクガクと狂おしいオルガスムスの痙攣を開始したのである。

「い、いっちゃう、アアーッ……！」

声を上ずらせ、収縮と潤いを増しながら悶えた。

彼も何とか保つことが出来、やがて満足したように亜矢がグッタリと突っ伏し、すぐ股間を離して、賀矢のため場所を空けてゴロリと横になっていった。

すると、すかさず賀矢が身を起こして跨がり、亜矢の愛液にまみれたペニスを、ヌルヌルッと根元まで受け入れて座り込んだ。

「あう、いい気持ち……」

賀矢も顔を仰け反らせて呻き、キュッキュッと味わうように締め上げてきた。

弘志はまた亜矢とは微妙に異なる温もりと感触を味わい、今度は賀矢の体を抱き寄せていった。

そして隣で荒い息遣いを繰り返している亜矢も抱き寄せ、顔を上げてそれぞれの乳首を順々に含んでは舐め回し、顔中で柔らかな膨らみを味わった。

さらに二人の生ぬるく湿った腋の下にも鼻を埋め、何とも甘ったるい汗の匂いを貪ってうっとりと胸を満たした。

興奮を高めながらズンズンと股間を突き上げはじめると、

「アア……」

賀矢が熱く喘ぎ、合わせて腰を遣いはじめた。溢れる愛液で律動が滑らかになり、二人の股間からクチュクチュと湿った摩擦音が淫らに響いてきた。

弘志は高まりながら、二人の顔を引き寄せ、三人同時に唇を重ねた。

鼻を突き合わせて、それぞれの舌を舐め回すと、二人の混じり合った息が彼の顔中を熱く湿らせた。

「唾を出して……」

囁くと、二人も懸命に唾液を分泌させ、順々に顔を寄せてトロトロと彼の口に吐き出してくれた。

彼は舌に受けて味わい、小泡の多いミックスシロップでうっとりと喉を潤した。

二人の甘酸っぱい吐息も濃厚に鼻腔を刺激し、彼は次第に激しく股間を突き上げはじめていった。

溢れる愛液が陰嚢の脇を生ぬるく伝い流れ、彼の肛門の方まで濡らしてきた。

すると急に、亜矢が口を押さえたのだ。

「どうしたの」

「コーラ飲みすぎてゲップ出そう……」

訊くと、亜矢が息を詰めて答えた。

「いいよ、嗅いでみたい」

「ダメよ、うんと嫌な匂いだったらどうするの……」

「ギャップ萌えで、もっとメロメロになる」

「変なの……、賀矢も一緒なら……」

亜矢が堪えきれないように言うので、賀矢も羞恥を堪えながら懸命に空気を飲み下してくれた。

そして二人の顔を抱き寄せると、ほぼ同時に二人はケフッと可愛いおくびを洩らしてくれた。

美少女アイドルたちの混じり合ったそれを嗅ぐと、甘酸っぱい果実臭に、オニオンやガーリックなどスパイシーな成分が混じり、さらに胃の中の生臭い匂いも濃く鼻腔を刺激してきた。

「わあ、濃厚……」

弘志は嬉々として顔を左右に振り、二人分の口の匂いに酔いしれて高まった。

すると急激に快感が高まり、

「い、いく……！」

たちまち彼は、フェチックな刺激と興奮に高まって口走り、そのまま大きな絶頂の快感に全身を貫かれてしまった。

同時に、熱い大量のザーメンがドクンドクンと勢いよくほとばしり、

「あ、熱いわ、いく……、アアーッ……！」

噴出を受けた賀矢もオルガスムスのスイッチが入ったように声を上げ、ガクガクと狂おしい痙攣を開始した。

弘志は心ゆくまで快感を噛み締め、最後の一滴まで出し尽くして徐々に突き上げを弱めていった。

そして収縮する膣内でヒクヒクと幹を過敏に震わせ、二人分の悩ましい吐息を嗅ぎながら、うっとり余韻を味わったのだった。

3

「じゃオシッコ出してね」

バスルームでシャワーを浴びると、弘志は例により床に座り、二人を左右に立たせて言った。

亜矢も賀矢も、ようやく身体を流してほっとしたように、素直に彼の左右の肩に跨がり、顔に股間を突き出してくれた。

それぞれの割れ目に顔を埋め、湿った恥毛に鼻を擦りつけて嗅いだが、もう大部分の匂いは薄れてしまった。

舌を這わせ、滑らかな柔肉を味わうと、二人とも新たな愛液を溢れさせ、ガクガクと膝を震わせた。

「あう、出そう……」

先に亜矢が言い、賀矢の割れ目も柔肉が迫り出すように盛り上がって蠢いた。するど、ほぼ同時にチョロチョロと熱い流れがほとばしり、彼は交互に舌に受けて味わった。

味と匂いは、前より濃かったが、かえって興奮が増し、彼はうっとりと喉に流し込んで酔いしれた。

片方を味わっている間は、もう一人の流れが温かく肌に注がれ、彼は美少女たちのシャワーを受け、ムクムクと雄々しく回復していった。

やがて二人の流れが治まると、ポタポタ滴る余りの雫に愛液が混じり、ツツーッと糸を引いた。

彼は残り香の中で二人の雫をすすり、割れ目内部を舐め回した。

「あん、もうダメ……」

二人が股間を引き離し、座り込んできた。

もう彼女たちは、今夜は挿入快感は充分らしい。

「指で可愛がって……」

弘志は言い、二人の手をペニスに導いた。

二人もニギニギとペニスをいじってくれ、彼は同時に二人と舌をからめ、それぞれ滑らかに蠢く舌を味わい、混じり合った息を嗅いで高まった。

「嚙んで」

二人に顔を迫らせて言うと、二人も大きく口を開き、彼の左右の頰にキュッと歯を食い込ませてくれた。

「もっと強く、痕になっても構わないから」

言ったが、二人も遠慮してやや力を込めただけで、咀嚼するようにモグモグと動かしてくれた。

弘志は、美少女たちの甘美な刺激に激しく高まっていった。

さらに二人の両足の裏でも幹を挟んで動かしてくれ、彼女たちも代わる代わる脚を菱形に開いて足裏でしごいてくれた。

そして顔中も美少女たちの唾液でヌルヌルにしてもらうと、やがて彼は身を起こしてバスタブのふちに腰掛け、二人の顔の前で両膝を開いた。

言わなくても心得、二人も頬を寄せ合って同時に亀頭をしゃぶってくれた。

「ああ、気持ちいい……」

弘志は股間に混じり合った息を受け、それぞれの舌の蠢きに高まって喘いだ。

二人も、交互に含んではは吸い付きながらチュパッと引き抜き、順々にスポスポと濡れた口で強烈な摩擦を繰り返してくれた。

「い、いく……、アアッ……！」

たちまち彼は昇り詰め、快感に喘ぎながら幹を震わせた。

同時にありったけの熱いザーメンがドクンドクンとほとばしり、亜矢の喉の奥を勢いよく直撃した。

「あう……」

亜矢が噎せそうになって口を離すと、飛び散るそれが彼女たちの可憐な顔中に降りかかり、涙のように頬の丸みを伝って淫らに顎から滴った。

すると賀矢が亀頭を含み、上気した頬をすぼめてチューッと余りのザーメンを吸い出してくれた。

「アア、いい……」

弘志は快感を味わい、心置きなく最後の一滴まで出し尽くしていった。

賀矢が動きを止め、口に溜まったザーメンをコクンと飲み干してくれた。もちろん亜矢も、第一撃を飲み下していた。

ようやく賀矢が口を離すと、幹に指を添えながら、二人は同時に余りの雫の滲む尿道口をチロチロと舐め回し、全て綺麗にしてくれたのだった。

「く……、もういい、有難う……」

弘志は過敏にヒクヒクと幹を震わせながら言い、やっと二人も舌を引っ込めた。

彼は荒い呼吸を繰り返しながら床に座り、うっとりと余韻を味わった。

二人もシャワーの湯を出して顔と口を洗い、彼も身体を流した。

やがて三人で立ち上がって身体を拭き、部屋に戻って身繕いをした。

「そろそろホテルに戻りますね。明日の朝は早いから」

二人が言うので、弘志はタクシーを呼んでやった。

「じゃ、また会おうね。体に気をつけて頑張って」

タクシーが来ると、弘志は一階まで見送りにいき、二人も頷いて乗り込んでいった。

部屋に戻ると、彼もあとは寝るだけだ。

灯りを消してベッドに横になると、まだ二人の匂いが残っているようだ。

（3Pもいいけど、やはり一人一人と会ってみたいな……）

弘志は思った。やはり3Pだと全体がはしゃぐように明るすぎる雰囲気で、淫靡な感覚が薄れてしまうようだ。

それに一対一だと、それぞれ二人の反応も微妙に違うかも知れず、それを知ってみたいと思った。

そして弘志は、アイドルたちとの行為を一つ一つ思い出しながら、いつしか深い睡りに落ちていったのだった。

4

「今夜は新居に行ってもいいわね」

翌日の退社時、帰ろうとする弘志に美百合が囁いた。

「ええ、じゃ食事してから行きましょうか」

彼は答え、やがて二人でレストランに行き、洋食とワインで夕食を済ませた。

引越し祝いということで美百合が払ってくれ、二人は店を出てタクシーでマンションに行った。

もちろん美穂は、年中彼のマンションにいるわけではない。

同居してしまうと、彼が他の女性を連れ込めないから、しばらくは別居婚のようになりそうだ。それだけ、美穂も彼の役割を理解しているのだろう。

マンションに入ると、上着を脱いだ美百合は一通り各部屋を見て回り、最後に寝室で服を脱ぎはじめた。

もちろん話し合わなくても、互いの淫気が伝わり合っているように、彼も手早く脱いで全裸になっていった。

「美穂のおなかも、順調に育っているようだわ。鈴江も亜矢と賀矢も、そして私も命中しているので間もなく仲間が増えるわよ」

ベッドに横になりながら美百合が言う。

全裸でも、いつものようにメガネだけはそのままだ。

してみると孕んでいないのは、すでに子持ちである寿美枝だけらしい。

そして美穂と美百合以外は、まだ孕んでいることに気づいていないのだろう。

彼女たちがどのように気づき、どのように出産するのかは分からない。

そもそもエイリアンの血を引く胎児なので、目立つほど腹は膨らまないのかも知れないし、生まれるまでの期間にも個人差があるようだった。

とにかく、寿美枝と美百合に任せておけば悪いようにはならないだろう。

だから弘志は、より多くの女性とセックスするだけなのだから、申し訳ないほど気楽な立場であった。

そして彼は美百合の熟れ肌に迫っていった。形良い乳房に顔を埋め、ツンと突き立った乳首にチュッと吸い付き、舌で転がしながら顔中で巨乳の感触を味わった。

「アア……」

美百合もすぐに熱く喘ぎ、クネクネと身悶えはじめた。

弘志は両の乳首を味わい、腋の下にも鼻を埋め込んで、超美女の甘ったるい体臭で鼻腔を満たした。

そのまま脇腹を舐め下り、真ん中に戻って形良い臍を探り、張りのある下腹にも顔を埋め込んで弾力を味わった。

腰から、スラリとしたスベスベの脚を舐め下りてゆき、足裏に回って踵と土踏まずを舐め回し、形良く揃った指の間に鼻を押し付けて嗅いだ。

今日も一日働いていたから、指の股は生ぬるい汗と脂に湿り、蒸れた匂いが悩ましく沁み付いていた。

彼は両足とも充分に嗅いでから、全ての指の股に舌を割り込ませて味わい、やがて脚の内側を舐め上げていった。

白くムッチリと量感ある内腿をたどると、

「噛んでいいわ」

美百合が息を詰めて言う。

張りのある肌を指でつまみ上げ、開いた口に含んで噛み締めた。

前歯で噛むと痛いだろうから、歯の全体で咥え込むと、熟れ肌の心地よい弾力が伝わってきた。

「アア……、いいのよ、もっと強くしても」

美百合が悶えながら言い、彼も他の女性には出来ない強い愛咬を繰り返した。

もちろんクッキリ歯形が印されても、見る見る消え去っていった。

やがて左右の内腿を味わってから、彼は熱気と湿り気の籠もる中心部に顔を埋め込んでいった。

黒々と艶のある茂みに鼻を擦りつけて嗅ぐと、汗とオシッコの匂いが馥郁と鼻腔を刺激してきた。

嗅ぎながら舌を挿し入れると、淡い酸味のヌメリが熱く迎えた。彼は膣口の襞をクチュクチュ掻き回し、滑らかな柔肉を味わいながらツンと突き立ったクリトリスまで舐め上げていった。

「あう、いい気持ち……」

美百合がビクッと顔を仰け反らせて声を上げ、内腿でキュッときつく弘志の両頬を挟み付けてきた。

彼は腰を抱え込んで押さえながら、チロチロと舌先で弾くようにクリトリスを刺激し、充分に匂いを味わうと、美百合の両脚を浮かせていった。

豊満な逆ハート型の尻に迫り、顔中を双丘に密着させながら、谷間の蕾に鼻を埋め込むと、蒸れて秘めやかな匂いが鼻腔を刺激してきた。

チロチロと舌を這わせて襞を濡らし、ヌルッと潜り込ませて滑らかな粘膜を味わった。

「く……」

美百合が呻き、キュッと肛門で舌先を締め付けてきた。

弘志は内部で充分に舌を蠢かせてから脚を下ろし、再び割れ目に口を付けて大洪水になっている愛液を舐め取り、クリトリスに吸い付いていった。

「も、もうダメ……」

美百合が果てそうになったように口走り、股間を庇《かば》うようにゴロリと寝返りを打ってしまった。

弘志も身を起こし、そのまま彼女をうつ伏せにさせて尻を突き出させると、膝を突いて股間を進め、まずはバックから膣口にヌルヌルッと挿入していった。

「あう……!」

美百合が顔を伏せて呻き、白く滑らかな背中を反らせて、キュッときつく締め付けてきた。弘志も肉襞の摩擦と温もり、股間に密着して弾む豊満な尻の感触を味わった。

腰を抱えて股間を突き動かし、背に覆いかぶさって両脇から回した手で巨乳を揉みしだいた。

髪に顔を埋めて甘い匂いを嗅ぎ、耳の裏側にも鼻を押し付けて蒸れた匂いを味わい、舌を這わせた。

思えば、全くの無垢だったのが、こうして気後れもなく積極的に超美女を抱いて悶えさせているのだから大変な進歩である。

もちろんここで果てる気はないので、彼は何度かピストン運動して快感を嚙み締めてから、身を起こしてヌルッと引き抜いた。

「ああ……」

快楽を中断された美百合が声を洩らし、支えを失ったように横になった。

そのまま彼は、横向きの美百合の脚を浮かせ、下の内腿に跨がると、今度は松葉くずしの体位で再び深々と挿入していった。

上の脚に両手でしがみつき、腰を突き動かしはじめると交差した股間が密着感を高め、内腿も心地よく擦れ合った。

「い、いい気持ち……」

美百合も横向きのまま喘ぎ、膣内の収縮を高めていった。

弘志は抽送を味わい、また引き抜いて彼女を仰向けにさせた。

そして仕上げに正常位で交わろうとすると、美百合が両手を伸ばして押しとどめてきたのだった。

5

「待って、舐めさせて……」

美百合が言い、弘志の手を握って引っ張るので、そのまま彼も前進して巨乳に跨がり、前屈みになって先端を彼女の鼻先に突き付けていった。

美百合も顔を上げて先端を舐め回し、自らの愛液にまみれているのも厭わず、張り詰めた亀頭にしゃぶり付いてきた。

「ああ……」

深々と含まれ、彼は快感に喘いだ。

「ンン……」

美百合も喉の奥まで呑み込み、熱い鼻息で恥毛をそよがせながら吸い付き、ネットリと舌をからませてくれた。

さらに顔を動かし、濡れた口でスポスポと摩擦してくれ、彼は充分すぎるほど高まっていった。

すると察したように美百合がスポンと口を離し、陰嚢にしゃぶり付いてきた。

睾丸を転がすと、さらに尻の真下に潜り込み、チロチロと肛門を舐めてくれたのだ。

弘志も完全に美女の顔に和式トイレスタイルで跨がり、目の前のベッドの柵に両手で摑まると、彼女の舌がヌルッと潜り込んだ。

「あう……」

弘志は申し訳ないような快感に呻き、モグモグと肛門でメガネ美女の舌先を締め付けて味わった。

彼女も内部で舌を蠢かせ、熱い鼻息で陰嚢をくすぐってきた。

やがて気が済んだように美百合が舌を引き離したので、彼も再び移動し、今度こそ正常位で股間を進めた。

先端をあてがい、濡れた膣口に一気に根元まで押し込むと、

「アアッ……！」

美百合が身を反らせて喘ぎ、キュッときつく締め付けてきた。

弘志も締め付けと温もりを味わい、股間を密着させて快感を嚙み締めた。

脚を伸ばして身を重ねると、彼女も両手を回して激しくしがみついてきた。

胸の下では巨乳が押し潰れて心地よく弾み、恥毛が擦れ合いコリコリする恥骨の膨らみも伝わった。

「突いて……」

美百合が薄目で弘志を見上げて囁き、彼もリズミカルに腰を突き動かしはじめた。

突くよりも引く方を意識すると、張り出したカリ首が天井のGスポットを擦り、

「あう、いい気持ち……！」

美百合が収縮を強めて声を洩らした。

いったん動くと、彼もすっかり下地が出来上がっているので快感に腰が停まらなくなり、上からピッタリと美百合に唇を重ねていった。

「ンン……」

彼女も熱く鼻を鳴らし、息で弘志の鼻腔を湿らせながら舌をからめてきた。

生温かな唾液にまみれた舌が、チロチロと滑らかに蠢き、彼はズンズンと動きながら絶頂を迫らせていった。

互いの息遣いでメガネのレンズが曇り、弘志はいつしか股間をぶつけるように激しい律動を繰り返していた。

「ああ、いきそう……」

美百合が口を離し、ビクッと顔を仰け反らせて喘いだ。

開いた口から洩れる熱い息は、ほんのりワインの香気を混じらせ、彼女本来のシナモン臭を濃厚に含んで、彼の鼻腔を悩ましく刺激してきた。

弘志は彼女のかぐわしい口に鼻を押し込んで動き続けると、美百合も舌を這わせ、ヌラヌラと鼻の穴を舐め回してくれた。

息の匂いに唾液の成分も混じって鼻腔が掻き回され、動きに合わせてピチャクチャと淫らに湿った摩擦音も聞こえてきた。

収縮と潤いも最高潮になり、いよいよ弘志も限界に達すると、一足先に美百合がオルガスムスに達してしまった。

「い、いく……、アアーッ……！」

声を上げ、彼を持ち上げるようにガクガクと狂おしく腰を跳ね上げてきた。

彼は抜けないように動きを合わせ、彼女の絶頂に巻き込まれるように、続いて絶頂に達してしまった。

「く……！」

大きな快感に呻き、ありったけの熱いザーメンをドクンドクンと勢いよく内部にほとばしらせると、

「あう、もっと……！」

噴出を感じ、駄目押しの快感に彼女が呻き、締め付けを強めてきた。

弘志はキュッキュッと良く締まる膣内で心ゆくまで快感を味わい、最後の一滴まで出し尽くしていった。

すっかり満足しながら徐々に動きを弱めていくと、

「アア……」

美百合も満足げに声を洩らし、グッタリと四肢を投げ出していった。

彼も力を抜き、遠慮なく体重を預けていったが、まだ膣内は名残惜しげな収縮が繰り返され、刺激されたペニスがヒクヒクと過敏に震えた。

そして弘志は喘ぐ美百合の口に鼻を当て、熱くかぐわしい息を胸いっぱいに嗅ぎながら、うっとりと快感の余韻に浸り込んでいったのだった。

6

「披露宴は、私と美百合さんに任せてもらっていいかしら」

翌日の晩、寿美枝が弘志に言った。

今夜、彼は青井家の屋敷に招待されていたのだ。

もう美穂と三人での夕食も終え、茶を飲んでいた。

「ええ、お任せ致します」

彼は答えた。親戚もなく天涯孤独の身であるが、長い会社員生活の中では内外に知り合いも多いので、やはり披露宴はした方が良いだろう。

美穂も、花嫁衣装を着たいようだから、やはり結婚というのは相手方の母娘が主役となるのは仕方のないことだろう。

（いよいよ所帯を持つことになるか……）

弘志は感無量だった。

少し前までは、そんなこと考えもしなかったのである。しかも相手は、この世のものとは思われぬ超美少女なのだ。

やがて弘志は風呂に入り、身体を流して歯磨きをした。

今夜は泊めてもらい、明朝ここから出社することになる。もう正式な婚約者だから、寿美枝が在宅していても、弘志と美穂は同じ部屋で寝て構わないだろう。

風呂から上がり、用意されていた浴衣を着てリビングに戻ると、

「もう美穂はマレビトの部屋で待っていますので」

寿美枝が言う。

やはり美穂の部屋ではなく、全ての始まりだったマレビトの部屋で寝るのも、儀式めいていて、彼は嫌ではなかった。

「では、おやすみなさいませ」

「はい、おやすみなさい」

寿美枝が言い、彼が答えると、彼女はほんのり甘い匂いを残して静かにリビングを出ていった。

彼女は入浴してから、自室に戻って寝るだけなのだろう。

熟れた寿美枝にも淫気が湧いてしまうが、一夜で母娘の両方というわけにもいかず、弘志も素直にマレビトの部屋へと行った。

薄暗い部屋に入ると、真ん中に床が敷き延べられ、寝巻姿の美穂が座していた。

美穂は、会うごとに輝くような艶やかさが増していた。

「本当に、僕なんかでいいのかな」

座って言うと、

「はい、他にはいませんので」

美穂も笑みを含んで答えた。

どうやら二人の関係は盤石のようで、前に会ったときよりさらに美しくなっている美穂を前に、彼は激しく勃起してきた。

もう美少女というより、どこから見ても完璧な美女であった。

浴衣と下着を脱ぎ去ると、美穂もすぐに帯を解いて脱ぎはじめてくれた。

生ぬるく甘ったるい匂いが漂うので、美穂はまだ入浴はしていないらしい。

これも、弘志の性癖を理解しているからなのか、それとも彼しか男を知らないので、最初からこういうものだと思っているのかも知れない。

やがて彼が全て脱ぐと、美穂も一糸まとわぬ姿になって布団に横たわった。

弘志は勃起しながら彼女の脚に迫り、他の女性の誰より小振りの足裏に舌を這わせはじめた。

指の股に鼻を押し付けると、蒸れた匂いが生ぬるく沁み付いて鼻腔をくすぐってきた。

どこから愛撫しようと、何をしようとも、美穂は人形のように、されるままじっとしている。

彼は爪先にしゃぶり付き、ちりばめられた桜色の爪を舐め、汗と脂に湿った指の股に舌を割り込ませて味わった。

「あう……」

美穂がか細く呻き、キュッと指先を縮めた。

弘志は両足とも全ての指の股を愛撫し、味と匂いを貪り尽くしてしまった。

そして大股開きにさせ、スベスベの脚を舐め上げ、ムッチリと張りのある内腿を舌でたどった。

股間に迫ると、熱気と湿り気が顔を包み込み、見るとすでに割れ目からは清らかな蜜が湧き出していた。

若草の丘に鼻を埋め込んで嗅ぐと、生ぬるい汗とオシッコの匂いと、ほのかなチーズ臭が鼻腔を刺激してきた。

彼は匂いを貪り、うっとりと酔いしれながら舌を這わせた。

膣口に入り組む襞をクチュクチュ掻き回すと、淡い酸味の蜜ですぐにも舌の動きが滑らかになった。

味わいながら小粒のクリトリスまで舐め上げていくと、

「アアッ……」

美穂が熱く喘ぎ、内腿でキュッと彼の両頬を挟み付けてきた。

弘志は腰を抱え、執拗にチロチロとクリトリスを舐めては、新たに溢れてくる蜜をすすった。愛撫しながら見上げると、白い下腹がヒクヒクと波打ち、形良い乳房の間に悶える顔が見えた。

顔を離すと、さらに彼は美穂の両脚を浮かせ、尻の谷間に鼻を埋め込んだ。

可憐なピンクの蕾には、秘めやかに蒸れた匂いが籠もり、彼は充分に嗅いでから舌を這わせて濡らし、ヌルッと潜り込ませた。

「あう……」

美穂が呻き、肛門で舌先を締め付けた。

弘志は滑らかな粘膜を探り、ようやく脚を下ろすと、再び割れ目に戻ってヌメリをすすり、クリトリスに吸い付いた。

「も、もうダメ……」

美穂が嫌々をして声を震わせた。

見た目は超美女に成長しても、声はまだまだ可愛い少女のものだ。

やがて彼は股間から這い出し、仰向けになっていくと入れ替わりに美穂が身を起こしてきた。

「跨いで。少しだけ飲みたい」

美穂の手を引いて言うと、彼女も素直に彼の顔に跨がってきた。

片膝を突いて割れ目を彼の口に押し当て、息を詰めて尿意を高めてくれた。

弘志も未知のパワーがあるから噎せることはないし、こぼして布団を濡らすような心配もない。

鼻と口に割れ目を受け止め、腰を抱えて舌を挿し入れると、すぐにも柔肉が蠢いて、味わいと温もりが変化してきた。

「あう、出ます……」

美穂が息を詰めて言うなり、チョロッと熱い流れがほとばしった。夢中で喉に流し込むと、すぐにもチョロチョロと控えめな流れが注がれてきた。

やはり布団の上だから、かなりセーブしているのだろう。

味も匂いも実に控えめで清らかなものなので、弘志は溢れさせることもなく飲み込み、あまり溜まっていなかったか、間もなく流れが治まった。

彼は滴る余りの雫をすすり、濡れた割れ目内部を舐め回した。すると新たにトロトロと蜜が溢れ、

「アアッ……！」

声を洩らした美穂は、自分からビクッと股間を引き離してしまった。

そのまま彼の股間に移動したので、大股開きになると真ん中に腹這い、美しい顔を寄せてきた。

弘志は自ら両脚を浮かせ、せがむように彼女の鼻先に尻を突き出した。

自分は湯上がりだから遠慮なく求められる。美穂もすぐに、彼の尻の谷間にチロチロと舌を這わせてくれ、ヌルッと潜り込ませてきた。

「く……、気持ちいい……」

彼は快感に呻き、肛門できつく舌先を締め付けた。

美穂も中で舌を蠢かせ、彼が脚を下ろすと陰嚢にしゃぶり付いた。

股間に熱い息を受けながら、彼がせがむように幹をヒクつかせると、美穂も前進して肉棒の裏側を舐め上げてきた。

7

滑らかな舌先が先端まで来ると、弘志は快感に喘いだ。

美穂も幹にそっと指を添え、粘液の滲む尿道口をチロチロと舐め回し、張り詰めた亀頭をくわえてきた。


「アア……、いい……」


そのまま丸く開いた口で、スッポリと喉の奥まで呑み込むと、彼自身は温かく清らかに濡れた口腔に包まれた。

美穂も付け根近くの幹を締め付けて吸い、クチュクチュと舌をからめてくれた。

たちまち彼自身は美穂の生温かな唾液にまみれて震え、弘志がズンズンと股間を突き上げると、

「ンン……」

喉の奥を突かれた美穂が小さく呻き、新たな唾液をたっぷりと溢れさせた。

彼女も突き上げに合わせて顔を上下させ、スポスポと口でリズミカルな摩擦を繰り返してくれた。

「い、いきそう……」

絶頂を迫らせながら彼が言うと、美穂もチュパッと軽やかな音を立てて口を離した。

そして手を引くと、彼女も前進して弘志の股間に跨がってきた。

やはり孕んでいるのだから、女上位の方が良いだろう。美百合の場合は遠慮なく乗ってしまったが、美穂は他の誰よりもか弱い印象がある。

彼女も自分から先端に割れ目を押し当てると、息を詰めてゆっくり腰を沈み込ませていった。

張り詰めた亀頭が潜り込むと、あとは重みと潤いで、ヌルヌルッと滑らかに彼自身は根元まで呑み込まれていった。

「アアッ……」

完全に座り込んだ美穂が、ビクリと顔を仰け反らせて喘ぎ、ピッタリと股間を密着させてきた。

弘志も温もりと感触を味わい、両手を伸ばして彼女を抱き寄せた。

美穂が身を重ねてくると、彼は両膝を立てて蠢く尻を支え、潜り込むようにして薄桃色の乳首にチュッと吸い付いた。

顔中で膨らみを味わい、乳首を舌で転がして左右とも交互に味わった。

さらに彼女の腋の下にも鼻を埋めて嗅ぐと、生ぬるくジットリ湿ったそこは、甘ったるい汗の匂いが濃く籠もっていた。

弘志はうっとりと胸を満たしながら、徐々にズンズンと股間を突き上げていった。

「あう、いい気持ち……」

美穂がか細く言い、合わせて腰を遣いはじめた。

溢れる蜜が律動を滑らかにさせ、クチュクチュと湿った音が聞こえてきた。

弘志は高まりながら、下から彼女の顔を寄せてピッタリと唇を重ねた。

ぷっくりしたグミ感覚の弾力を持つ唇が密着し、舌を挿し入れて滑らかな歯並びを左右にたどると、すぐに彼女も歯を開いて舌をからめてきた。

生温かく濡れた舌が滑らかに蠢き、さらに彼が唾液を求めると、もう言葉など必要ないように思いが伝わり、美穂はトロトロと口移しに注いでくれた。

彼は小泡の多いシロップを味わい、うっとりと喉を潤して、股間の突き上げを早めていった。

「アア……、いきそう……」

美穂が口を離して熱く喘ぎ、収縮を活発にさせた。

湿り気ある吐息は、まるで新鮮な桃の実でも食べたように甘酸っぱい匂いが悩ましく含まれ、嗅ぐたびに彼の胸が甘美な悦《よろこ》びに満たされた。

さらに美穂の口に鼻を押し込むと、彼女も下の歯並びを彼の鼻の下に引っかけ、惜しみなくかぐわしい吐息を与えてくれた。

濃厚な果実臭に酔いしれながら動き続けると、たちまち絶頂が迫ってきた。

溢れる蜜が互いの股間をビショビショにさせ、美穂の息遣いも激しくなっていった。

「い、いく……」

たちまち弘志は、大きな絶頂の快感に全身を貫かれて口走り、熱い大量のザーメンをドクンドクンと勢いよく柔肉の奥にほとばしらせてしまった。

「あ、熱いわ……、アアーッ……！」

噴出を感じた美穂も、同時に声を上ずらせ、ガクガクと狂おしいオルガスムスの痙攣を開始した。

心地よい摩擦ときつい締め付けばかりでなく、彼の全身まで吸い込もうとするような肉襞の蠢きに、彼は溶けてしまいそうな快感に包まれた。

「ああ、気持ちいい……」

弘志は喘ぎながら、心置きなく最後の一滴まで出し尽くしていった。

満足しながら徐々に動きを弱めていくと、

「アア……」

美穂も声を洩らし、肌の硬直を解いてグッタリともたれかかってきた。

やがて完全に動きを止めると、彼女も遠慮なく体重を預けてもたれかかり、力を抜いていった。

息づく重みと温もりを受け止め、まだ収縮している膣内でヒクヒクと幹を過敏に跳ね上げると、

「あう……」

美穂も敏感になって小さく呻き、幹の震えを押さえつけるようにキュッときつく締め上げてきた。

弘志は、美穂の喘ぐ口に鼻を押し付け、甘酸っぱい吐息で胸を一杯に満たしながら、うっとりと快感の余韻を味わったのだった。

重なったまま荒い息遣いを整えると、ようやく美穂がそろそろと股間を引き離し、ゴロリと横になって添い寝した。

見ると、すでに未知のパワーを宿している美穂は、全てのヌメリを吸い尽くしたように、ペニスは濡れていなかった。

これならティッシュの処理もしなくて済み、実に楽なことである。

「朝までこうしていようか」

囁くと、美穂が小さくこっくりしたので、彼は布団を引き寄せて二人に掛け、彼女に腕枕してやった。

間もなく彼女は、精根尽き果てたように、いつしか弘志の胸で軽やかな寝息を立てはじめていた。

彼は腕にかかる美穂の頭の重みと温もりを嬉しく思いながら、自分も暗い部屋で目を閉じた。

（これから、どんな世界になっていくんだろう……）

弘志は思った。

美穂の体内の子が、未来の救世主になるという。その子がこの先、一体どんな活躍をしていくのか、彼は早く見たいと思ったのだった……。

初出「特選小説」二〇二一年八月号〜二〇二二年一月号

実業之日本社文庫　好評既刊

睦月影郎
性春時代
目覚めると、六十歳の男は二十代の頃の自分に戻っていた。アパート隣室の微熱OL、初体験を果たせなかった恋人と……。心と身体がキュンとなる青春官能！

む２６

睦月影郎
ママは元アイドル
幼顔で巨乳、元歌手の相原奈緒子は永遠のアイドルだ。大学職員の僕は、35歳の素人童貞。ある日突然、美少女が僕の部屋にやって来て…。新感覚アイドル官能！

む２７

睦月影郎
性春時代　昭和最後の楽園
40代後半の春夫が目を覚ますと昭和63年（１９８８）に逆戻り。完全無垢な童貞君は、高校3年時の処女だった妻や、新任美人教師らと…。青春官能の新定番！

む２８

睦月影郎
湘南の妻たちへ
最後の夏休みは美しすぎる人妻と！　純粋無垢な童貞君が、湘南の豪邸でバイトをすることに。そこにはセレブな人妻たちとの夢のような日々が待っていた。

む２９

睦月影郎
快楽デパート
デパートに勤める定年間近の次郎は、はずみで占い師を抱き過去に戻ってしまう。そこには当時憧れていたデパガ達が待っていた！　傑作タイムスリップ官能！

む２10

実業之日本社文庫　好評既刊

睦月影郎
美女アスリート淫ら合宿
童貞の藤夫は、女子大新体操部の合宿に雑用係として参加する。美熟女コーチ、4人の美女部員、賄い係の巨乳主婦との夢のような日々が待っていた！
む2 11

睦月影郎
昭和好色一代男　再び性春
昭和元年生まれの昭一郎は偶然幽体離脱し、魂が孫の若い肉体と入れ替わってしまう。久々の快感を得たいと町へ出ると、人妻や処女との出会いが待っていた！
む2 12

睦月影郎
みだら女剣士
女子大剣道部の合宿の手伝いをすることになった治郎。そこに幕末に死んだ女剣士の霊が現れ、次々と部員に取り憑き欲求を満たしていく。爽快スポーツ官能！
む2 13

睦月影郎
淫魔女メモリー
小説家の高志は、裏庭の井戸から漂う甘い香りに誘われて降りてみると、そこには地獄からの使者が!? 淫魔大王から力を与えられ、美女たち相手に大興奮！
む2 14

睦月影郎
淫ら新入社員
女性ばかりの会社『WO』。本当の採用理由を知らされずに入社した亜紀彦は、美女揃いの上司や先輩を相手に、淫らな業務を体験する。彼の役目とは――。
む2 15

実業之日本社文庫　好評既刊

実業之日本社文庫　好評既刊

葉月奏太
人妻合宿免許
独身中年・吉岡大吉は、配属変更で運転免許が必要になり合宿免許へ。色白の未亡人、セクシー美人教官、黒髪の人妻と……。心温まるほっこり官能！
は6 8

葉月奏太
盗撮コネクション　復讐代行屋・矢島香澄
洋品店の中年店主は、借金返済のためとそそのかされ、盗撮を行う。店主の妻は盗撮され、脅される。店主は自殺を決意し……。どんでん返し超官能サスペンス！
は6 9

葉月奏太
癒しの湯　若女将のおもてなし
雪深い山中で車が動かなくなったとき、助けてくれたのは美しい若女将。男湯に彼女が現れ……。心と身体が蕩ける極上の宿へようこそ。ほっこり官能の傑作！
は6 10

葉月奏太
寝取られた婚約者　復讐代行屋・矢島香澄
IT企業社長・羽田は罠にはめられ、彼女と会社を奪われる。香澄に依頼するも、暴力団組長ともうひとりの復讐代行屋が立ちはだかる。超官能サスペンス！
は6 11

葉月奏太
癒しの湯　仲居さんのおもいやり
人生のどん底にいた秀雄は、山奥へ逃げた。自殺を覚悟した時、声をかけられる。彼女は、若くて美しい旅館の仲居さん。心が癒される、温泉官能の決定版！
は6 12

実業之日本社文庫 む216

母娘《おやこ》と性春《せいしゅん》

2022年4月15日　初版第1刷発行

著　者　睦月影郎《むつきかげろう》

発行者　岩野裕一
発行所　株式会社実業之日本社
〒107-0062　東京都港区南青山5-4-30
emergence aoyama complex 2F
電話［編集］03(6809)0473［販売］03(6809)0495
ホームページ　https://www.j-n.co.jp/
ＤＴＰ　ラッシュ
印刷所　大日本印刷株式会社
製本所　大日本印刷株式会社

フォーマットデザイン　鈴木正道（Suzuki Design）

ISBN978-4-408-55727-4（第二文芸）